JN045908

真の聖女である私は追放されました。だからこの国はもう終わりです6

鬱沢色素
illust. ぷきゅのすけ

contents

イラスト・ぷきゅのすけ
デザイン・たにごめかぶと（ムシカゴグラフィクス）
編集・庄司智

プロローグ

孤独には慣れていた。

唯一の友にも裏切られ、我の心は絶望よりも深い伽藍堂《がらんどう》な空間が広がっていた。

しかし、いつか友が我の前に再び姿を現すかもしれない。

もしヤツが現れたら、頬を思い切りぶってやろう。そしてその後は笑いながら、人間どもがよく嗜《たしな》んでいる酒を酌み交わすのだ。

ゆえに我は待ち続けた。

ヤツと何十回、何百回も戦った場所に——一人で。

だが、友は来なかった。

一年過ぎても焦りはなかった。

十年を超えたところで怒りが生まれた。

三十年に達した時、無駄なことを考えなくなった。

その間、色々なことがあった。

嵐や地震によって、随分とこの場所も様変わりした。

人間どもが腕試しとばかりに、ドラゴンである我を狩りにきた。

しかし強き者でなければ、我の心を支配する退屈を消すことは出来ない。

そして友を待ち続けて百年。
我はようやく悟ったのだ。

——ヤツはもう来ない。

そもそもヤツが現れることを夢想するなど、愚かな行為だったのだ。
我はなにを期待していたのだろうか。バカバカしくなる。
幸運にも、それからまた百年経過すると——我の前にお人好《ひとよ》しの聖女が現れた。
彼女から『ドグラス』という素敵な名前をもらった。
ゆえに心は満たされ、次第に我の記憶から友のことは薄れていった。
だが、時折考える。
我があの時、友に言ってほしかったこと。
そして我の後悔。

——もう一度、友に会えるなら。

その時、きっと我は——。

第一話

夜。

空にはぽっかりと三日月が浮かんでいました。

月は夜空を照らし、いつもその光は優しく見えるのに……何故《なぜ》か、今日の月は妖しく目に映ります。

私は現在――王城のルーフバルコニーで夜景を眺めていました。

「……こうしていると昔を思い出すよ。君に王城に住まないかと提案したのも、随分昔のことのように思える」

隣で彼――ナイジェルがそう口を動かす。

彼はこの国の第一王子。

私の大事な人。

婚約期間を経て、今では王子とその妃《きさき》として私達は結ばれていました。

「ふふ、そうですか?」

ナイジェルの言葉に、私は視線を前に向けたまま答える。

「私はつい最近のことのように思い出せますよ。あなたはここで、私に『君ともっと一緒にいたい』とおっしゃってくれたんですよね」

「あの時は僕も必死だった。ここでエリアーヌを離してしまえば、二度と会えない気がしてたからね」

「大袈裟《おおげさ》ですよ。あの時、私はリンチギハムの王都に住むところを用意してもらう……っていう話になってたのに」

「いや——きっと、君があのまま王城から出ていれば、僕との縁も切れていたはずさ。僕は王子だし、君と気軽に会えるような立場でもなかったから」

そういうものですかね？

だけどそう思ったからこそ、あの時ナイジェルは私を情熱的に説き伏せてくれたのでしょう。

思い出したら、未《いま》だに顔が熱くなってしまいます！

しばしの沈黙が流れる。

交わす言葉はなくても、こうして彼が隣にいてくれるだけで、心が落ち着きました。

「……エリアーヌ」

やがてナイジェルは私に視線を向け、口を開きます。

「話したいことってなんなのかな？　こんな時間に僕をここに呼ぶってことは、大事な話なんだろう？」

「……はい」

ナイジェルの問いに、私は首を縦に振ります。

「ですが、なにから話せばいいのやら……呼び出しておいてなんですが、まだ頭の整理が付いていないので」

「よっぽど大事な話なんだね。だったら――」

とナイジェルが私に手を差し出します。

「久しぶりに踊ろうか。軽く体を動かしたら、頭の整理も付くんじゃないかな」

「それは良《い》い考えですね」

やっぱり、私はじっとしているのは性に合わないようです。

私はナイジェルの手を取り、踊り始めます。

激しいダンスではありません。

ナイジェルの動きに合わせて、軽くステップを踏むくらいの。

頭の中では、穏やかな音楽が流れています。

きっと、今ナイジェルの頭の中にも同じ音楽が聞こえているでしょう。そんな気がしました。

その音楽に合わせて踊っていると、私の頭には今までの思い出が甦《よみがえ》ってきました――。


私はベルカイム王国の聖女でした。

しかし当時の婚約者クロード王子に婚約破棄と国外追放を言い渡され、国を後にします。

途方に暮れていた私は道中、魔物に襲われ傷ついた一団を助けます。

それがナイジェル達。

私は彼と国王陛下のご厚意で、ベルカイムの隣国――リンチギハムに移り住むことになります。

それからは色々なことがありました。魔王復活を阻止するために奔走したり――当時婚約者だったナイジェルと結婚式を挙げ――邪神《白の蛇》を打倒し――。

そして先日、私にとって忘れられない出来事が起こりました。

かつての仇敵《きゅうてき》、偽の聖女レティシア――そしてその恋人、クロードの結婚式です。

私がベルカイムを追放となった元々の原因である二人ですが、魔王復活の一件をきっかけに、二人とは和解しています。

二人には幸せな結婚式を挙げてほしい――そんな私の願いを嘲笑《あざわら》うかのように、事件が起こります。

音楽家であり――これはあとからレティシアに聞いた話ですが――彼女の師匠のような存在でもあったディートヘルムが、禁じられた呪いを復活させ、世界を恐怖に陥れようとしたのです。

当然、それを許す私達でもありません。

謎の男ファーヴの力もあって、見事ディートヘルムの企《たくら》みを阻止することが出来ました。

そして私達はリンチギハムに帰り、しばらく落ち着いた日々を過ごしていた――ということです。


「ありがとうございます」

月明かりの下のダンスも終わり。

私は足を止めて、ナイジェルにそうお礼を言います。

「どうだい？　考えがまとまった？」

「ええ、おかげさまで」

今までもつれた糸のように混乱していた頭の中が、今では嘘《うそ》のようにすっきりしています。

「じゃあ、話してくれるかな？」

「分かりました」

私はすうーっと大きく息を吸い込み、こう話し始めます。

「大事な話というのは、ファーヴのことです」

「ファーヴ……クロード殿下とレティシア嬢の結婚式の際、僕達を助けてくれた男のことだよね。結局、あのあと姿を消してしまったから、彼が何者かについては分からなかった」

「ええ。ナイジェルは覚えていますか？　あの時、ドグラスが言ったことを」


——どうしてお前がここにいる！


ファーヴの口元を隠す布を剝ぎ取ったドグラスは、表情を一変させて叫びました。

ドグラスは良くも悪くも、いつも余裕に満ちています。

そんなドグラスが鬼気迫る表情で、ファーヴに詰め寄ったのです。

並々ならぬ因縁が二人の間に渦巻いていることが、あの様子を見ただけで察せられました。

「少し前に、ドグラスからその時のことをお聞きすることが出来たのです。そして……知りました。ファーヴの正体を――」

「ドグラスとファーヴは知り合いだったってことかな？」

「ええ」

と私は頷《うなず》きます。

「ただ……知り合いという言葉が適切なのかは、少し疑問です」

「どういうことなんだい？」

「二人の関係は、そんな単純な言葉では言い表せないものでしたから」

私も最初、ドグラスから話を聞いた時は驚きました。

ファーヴの罪――。

そしてドグラスが二百年以上もの間、滾《たぎ》らせていた想《おも》いを――。

「それに、ドグラスとファーヴが知り合いだったというだけなら、私もこうして重々しく話したりしないでしょう。ファーヴのことはリンチギハム――いえ、場合によっては世界の命運が変わるほどのことだったのです」

「世界の命運……」

ナイジェルからごくりと唾を呑《の》み込《こ》む音が聞こえました。

「では、話しましょう。ドグラスとファーヴは――」

私はゆっくりと語り始めました。

二人の物語を――。

◆
◆

――時は少し遡ります。

クロードとレティシアの結婚式が終わったのち、ドグラスはなにかをずっと考え込んでいました。

それはリンチギハムに帰ってきてからも変わらず、その重々しい空気に、私もなかなか問いただすことが出来ませんでした。

だけどようやく勇気を出して、私は王城のルーフバルコニーに一人でいた、ドグラスに声をかけます。

これはその時のこと。

ドグラスは私の方に顔を向け、こう口を動かしました。


「――ヤツは黄金竜ファフニール。我の――いや、全ドラゴンの敵だ」


「やはり……ドラゴンでしたか」

私はそう言葉を返します。

「でも、敵というのは……？」

「うむ」

質問すると、ドグラスはこう続けました。

「そのことを説明するためには、まずは昔の我について語るべきだろう」

「そういえば、ドグラスの昔話はあまり聞いたことがありませんでしたね」

「あれ以来、我はつまらぬ日々を送っていたからな。話すほどでもないと思っていた。エリアーヌと出会う前──汝《なんじ》が生まれるよりもずっと前の話だ。あの頃、我はただのならずもののようなドラゴンだった──」

◆　◆

エリアーヌに語りながら、我は昔のことを思い出していた──。

あれはおよそ、二百年前。

その頃の我は自分で言うのもなんだが、荒れていた。

自分の強さに絶対の自信を持っており、他のドラゴンや人を『弱き者』と見下していた。

ベルカイムの王都近くの棲家《すみか》。

そこに何者かが来たら、すぐに戦いをふっかけていた。

昔の自分を思い出すと、恥ずかしくなる。

そんな中、ある者が我の棲家に現れた。

「おい、止まれ。俺様に黙って、なにを勝手に通ろうとしている」

そいつは人の姿をしていた。

我はそいつの前に立ち塞がる。

「黙って？　勝手に？　どうしてお前の許可が必要になる」

「そういう風に決まっているのだ。それにしても――お前、ドラゴンだな。どうして人の姿をしている？」

そう。

人の姿こそしているものの、我の前に姿を現したそいつは、紛《まご》うことなきドラゴンであったのだ。

我の問いかけに、ヤツはなにも答えなかった。

「……まあいい。そんなことより、どうしてもここを通りたいというなら、通行料を払え。無論、俺様には金なんていうものは必要ない。お前の血で払ってもらう」

せせら笑う我。

そんな我を、そいつは憐《あわ》れむような目で見た。

「悲しいな。戦いにしか、自分の存在価値を見出《みいだ》せないか。お前はドラゴンとしての誇りを忘れたのか」

「ドラゴンとしての誇りは強さだ。それ以外にない」

「そう言っている時点で、お前はドラゴンとしての誇りを忘れている。今のお前はただのゴロツキだ。仕方がない――」

そう言って、ヤツは二本の剣を顕現させた。

「俺もここを通らなければならない理由があってな。無理やりにでも、押し通らせてもらうぞ」

「ガハハ！　話が分かるではないか。叩《たた》きのめしてやる！」

我はそいつと戦いを始めた――。


しかしヤツは強かった。


我には誰よりも強い自信があった。

だが、我はヤツに手も足も出ずに敗北した。

「……俺様の負けだ。殺せ」

「今のお前には殺す価値もない」

ヤツはつまらなそうに言って、我に背を向ける。

命は助かった。

……だというのに、我の中に生まれたのは怒りだ。

「貴様……っ！　俺様を愚弄するのか！　負けたというのに情けをかけられ、生き長らえるのはドラゴンとして恥だ！　殺せ！」

「殺さぬ。お前の返り血で服が汚れるのも嫌だしな」

構わず、ヤツは歩き去っていく。

遠ざかっていくヤツの姿。

ボロボロになった我では、追いかけることも出来なかった。

「待て！　名前があるなら教えろ！　殺さないというのなら、地の果てでも追いかけて、俺様が貴様を殺してやる！」

今思うと、負けたくせに情けない台詞《せりふ》だな。これでは惨めすぎる。

答えが返ってくるとは思わなかった。

しかしヤツは振り返り、自分の名前を告げた。

「ファフニールだ」


それからヤツ——ファフニールの名前は、我の『いつか絶対殺すリスト』に刻まれたのだ。

不思議なことに、ヤツは何度か我の前に現れた。

そのたびに、我は戦いを挑んだ。

だが——勝てない。

何度やっても、ヤツには勝てる気がしなかった。

もしや、人の姿となることに強さの秘密があるのではないか。

そう考えた我は、ヤツと同じように人の姿になってみたりした。

それでも勝てない。

ある日、我はファフニールに打ちのめされ地面で大の字になり、ヤツに話しかけていた。

「……どうして、何度も俺様の前に姿を現す？」

「お前が『逃げるな』『いつか殺してやる』だとか、言うからだ。探すのも手間だろう。ゆえにわざわざ来てやっているだけだ」

「とぼけるな。お前にとって、俺様はいつでも殺せる弱き者であろう。わざわざここに足を運んでくる理由など、ないはずだ」

問いかけると、ファフニールは呟《つぶや》くような小声で。

「……彼女が言うんだ。その寂しいドラゴンの友達になってあげてって」

「彼女？」

「いや、こっちの話だ。忘れろ」

しまったと言わんばかりに、ファフニールは我から視線を逸《そ》らした。

それからも我はファフニールと何度も戦った。

いつの間にか、我はヤツに友情のようなものを感じるようになっていた。

その頃になると我も自分の行動を見直し、無用な戦いをやめた。

ヤツとは戦いではなく、言葉もたくさん交わした。

ある日、我はファフニールにこう問いかけたことがある。

「どうして、お前は人の姿になっているのだ？」

「お前も最近では、人の姿によくなっているだろうが」

「ドラゴンの姿のままでは、お前と戦いにくいからな。そんなことより……答えろ。人間は弱き者だ。なのにどうして……」

「弱き者……か。ならば問う。お前にとって弱き者とはなんだ？」

ファフニールからの問いに、我は既に答えを持ち合わせている——つもりだった。

「力がない者だ」

「逆に、強き者は？」

「力がある者だ」

「単純だな。お前の言う力がなんなのか分からないが——俺は強き者というのは、心の強さを持っている者だと思う」

きょとんとする。

ファフニールの答えは、我にとって寝耳に水のものだったからだ。

「心の強さ？」

「そうだ。力がなくても構わない。誰よりも優しく、他人を信じることが出来る。そして確固たる自分を持っている。それが心の強さだ」

「なにを言っているか分からぬな」

「昔の俺だって、そうだった。だが、俺は心が強い人間に出会った。俺が人の姿になる理由——さしずめ、そういう人間に憧れ、恋焦がれているから……とでも答えておこうか」

ファフニールがまたバカなことを言い出したので、我は思わず笑ってしまう。

「ガハハ！　ドラゴンが『恋』などと言うか。笑わせてもらったよ」

「笑われるのは心外だな」

少しむすっとした表情を浮かべ、ファフニールは我の前から立ち去ろうとする。

「おい！　明日もここで待っているからな！　また戦おう！」

去り際にそう声をかけると、

「……いつまでここに来られるかな」

ぼそっとファフニールは呟いた。

その時のヤツの寂しそうな表情が、やけに頭にこびりついた。


それからもファフニールと我の関係は変わらない。

だが、ある日を境に、ヤツは塞ぎ込むことが多くなった。

「どうした。なにかあったのか？」

「いや、いいんだ。なんでもない」

理由を問いかけても、ファフニールはなかなか答えてくれなかった。

いつか喋《しゃべ》ってくれるだろう——そう楽観的に考えたが、好転の兆しは見えず、ヤツの纏《まと》う空気はさらに暗くなっていった。

そしてその日も戦いが終わった後、ファフニールはぼそっとある場所の名を口にした。

「お前は『竜島《りゅうじま》』という場所を知っているか?」

「話には聞いたことがある」

竜島。

それは世界の南の果てにある島。

基本的に群れて暮らすことのないドラゴンが、集団で独自の生活圏を築いているという。

竜島では、ある一体のドラゴンが群れを統率しているとも聞いていた。

そのドラゴンの名は長命竜《ちょうめいりゅう》アルターー。

強さをなによりも誇りに思うドラゴン達が最強と認め、傅《かしず》くような存在だ。

「まあ、他者と馴《な》れ合《あ》うのは柄ではないから、俺様には縁のない場所だろうがな。だから行こうともしなかった。ガハハ!」

「お前らしいよ」

この時、ファフニールが微《かす》かに笑った。

それは疲れきったものではあったが、ヤツの笑顔は久しぶりに見た気がする。

「それがどうした？」

「いや……なんでもないんだ。不意に聞いてみたくなった」

そう言って、ファフニールは口を閉じた。それ以上、語ろうともしない。

もしや、ヤツが塞ぎ込む理由は竜島にあるのだろうか？

近いうちに、重い口を開いてくれるかもしれないな。

この時の我は、まだ楽観的だった。

しかし——違ったのだ。

あの時、無理やりにでもファフニールから話を聞き出すべきだったのだ。

そうすれば、あんな災厄は起こらなかったかもしれないから——。

それから幾許《いくばく》かの月日が経《た》ち——。

ファフニールはとうとう、我の前に姿を現さなくなった。

最初のうちは、ヤツにもなにか理由があるんだろう——と思っていたが、胸騒ぎはどんどん酷《ひど》くなっていく。

そしてある日——我は夢を見た。

恐ろしい夢だった。

死屍《しし》累々となっているドラゴン達の中心に、ファフニールが立っている。夢の中の我はファフニールに声をかけるが、振り向いたヤツの表情は寂しいものだった。
「まさか……」
嫌な予感がする。
すぐにヤツに会わなければならない。だが、一体どこに――？
そこで我は一つの可能性に思い当たった。
そう――竜島だ。
根拠など、なに一つない。
我は棲家から飛び立ち、急いで竜島に向かった。
しかし竜島に辿《たど》り着《つ》いた我が見たのは、信じ難い惨状であった。
島のあちこちでドラゴン達が黄金の塊になっている。
それは周囲の自然にも及び、島全体が黄金の輝きに包まれていた。
「一体これは……？」
疑問に思いつつ島の奥に向かうと、そこで我は見てしまった。
黄金を抱え、一人佇《たたず》むファフニールの姿を――。

「お前がやったのか……？」

震えた声で我は尋ねるが、ファフニールから答えは返ってこない。

我を見るヤツの目は、まるで死人のようだった。

「どうして、このようなことをしたのだ」

「………」

問いを重ねても、やはり答えはない。

何故、ドラゴン達や木々が黄金になっているのかは不明。だが、状況から考えて、この惨状はファフニールが作り出したものとしか思えないのだ。

この時の我はまだファフニールのことを信じていた。

『俺の仕業じゃない』

そう答えが返ってくるものだと思って――。

しかしようやく口を開いたファフニールから放たれた言葉は、我の中に残っていた僅かな信頼を砕くものであった。


「そうだ……全部、俺がやった」

それを聞き、身が灼《や》かれるような怒りを感じた。

「何故だ！　何故、このようなことをしたのだ！　お前がやったというのなら、すぐに同族達を元に戻せ！」

「……俺には出来ない。出来るなら、最初からやっている」

どういうことだ？

この力は一方通行なのか？

怒りと混乱が合わさっている我に、ファフニールはこう続ける。

「もう……どうでもよくなったんだ。お前にはなにも分からないよ」

「分からない？　お前のことだから、なにか考えがあって、このようなことをやったのだろう？」

裏切られたような気分だった。

ファフニールは諦めたように笑い、さらにこう言った。


「……黄金だ。黄金のために、俺はこの光景を作り出した」


──っ！

そんなふざけた理由で、ヤツは同族達を黄金にしたというのか⁉

詰め寄ろうとする我から逃げるように、ファフニールの体が光に包まれる。ドラゴンの形態に戻ったのだ。

「待て！　まだ俺様の話は──」

ファフニールが地上から飛び立つ。すぐに追いかけようとするが、それを振り払うようにヤツは攻撃を繰り出してきた。

これ以上の追走は無理だと判断した我は、負け惜しみのようにこう叫ぶ。

「あの森で待っている！　お前の勝ち逃げは許さぬからな！　絶対に来い！」

結局、その答えも得られないまま、ファフニールは我の前から姿を消した。


それから我は百年以上も待ち続けた。

その間、ファフニールが言うドラゴンとしての誇り――そして強き者について、ずっと考えていた。

我が思うに、ヤツこそドラゴンとしての誇りを持った強き者だ。

我はヤツを待った。

神のごとき、雄大さを演じた。それが強き者となる一歩になるか分からないが……形から入ってみようと思ったのだ。

我がファフニールの求める強き者になれば、ヤツが姿を現しそうな――そんな気がしたからだ。

しかしファフニールは来ない。

その間に、何人かの人間が腕試しと言わんばかりに、我の前に現れた。

我は彼らに向けて、こう問いかける。

「我は問う。汝は強き者か――」

◆　◆

「そしてさらに百年ほどが経過した後……ベルカイム王国から、念話を飛ばしてくる者が現れた」

「それが私だったということですね」

「そうだ」

とドグラスは肯定する。

なんということ……。

ファーヴは親友のドグラスになにも告げないまま、竜島にいるドラゴン達を黄金に変えてしまった。

果たして、そんなことが可能なのでしょうか？

「あの島から逃げおおせた者がいたらしく、ファフニールの話は、ドラゴンの間で瞬く間に広がった。同族どもはヤツを、黄金竜ファフニールと呼ぶ。ドラゴンなら誰もが知っている災厄だ」

「だからファーヴを目にした時、あなたはあれほど怒っていたのですね。愚問かもしれませんが、先日の一件以外でファーヴに会ったことは？」

「ない。無論、他のドラゴンも大罪を犯したファフニールを捜索していたと思うが……捕まったとも殺されたとも聞いたことがない。一体、今までなにをやっていたやら……」

顎に手を当て、考え込むドグラス。

ドラゴンの寿命を考えたら、二百年の間生きていたと聞いてもさほど不思議ではありません。

ですが、今までどこに姿を隠していたのか。そして、どうして今になって再び姿を現したのか

——ドグラスも分からないようでした。

「だが、これだけは言える」

ドグラスは再び私の顔を真っ直《まっす》ぐ見つめ、こう言います。

「結局我は、ヤツに一度も勝つことが出来なかった。もしヤツが再び暴れようとしているなら、竜島の惨劇が、今度は世界中で行われるかもしれぬ。そんなヤツを止めることが出来るのは、現状は汝——そしてナイジェルの二人しかいない」

ドグラスの言葉は深く、重く私にのしかかるのでした。

◆ ◆

「これが……ドグラスが語ってくれた、ファーヴの真実です」

語り終えた私は一息吐《ひといきつ》き、あらためてナイジェルの顔を正視しました。

「そんなことが……」

予想だにしていなかった事実に、ナイジェルは驚いているよう。

「ファーヴの正体もだけど、大昔にそんな悲劇があったことにも驚きだよ。他者を黄金に変える……か。そんな術《すべ》は存在するのかな?」

「私は聞いたことがありません。それに仮にファーヴがその術を使えたとして、どうしてベルカイム王国で披露しなかったのでしょうか?」

「なにか力に制限があったとか……？　それとも、ドグラスの見間違いでファーヴはそんな力を使、い、い、い、い、い、いうことが出来なかったとか。どちらにせよ、疑問は多いね」

とナイジェルは難しそうな表情を作ります。

「とはいえ、ファーヴが私達を助けてくれたことは事実です」

「うん、その通りだ」

「敵意を抱いている者とは思えませんが──ドグラスはファーヴを、とても警戒していました。嫌な予感がします」

ドグラスにしか分からないこともあるのでしょう。

私達はもう一度ファーヴに会い、彼と話し合わなければならないかもしれません。

「僕もエリアーヌと同じだよ。ファーヴともう一度会いたいね。感謝も伝えきれていないんだし」

「あなたも交えて、ドグラスともう一度話をしてみましょう。ファーヴに会う手がかりが閃《ひらめ》くかも──」

と言葉を発しようとした時でした。

──ざわっ。

周囲の空気が変わった。

その微細な変化にナイジェルも気付いたのか、彼も身構えました。

「一体なにが……」

疑問が浮かび、顔を上げます。

——月の光が何者かに遮られ、夜の闇が一段と濃くなっていました。

あれは……。

「エリアーヌ！」

考えていると、ドグラスがバルコニーに飛び込むように姿を現します。

「ドグラス！　これは一体——」

「ヤツだ」

ドグラスは拳を強く握り、空を見上げてこう言います。

「——ファフニールだ」


夜空を滑空する黒いドラゴン。

その目は赤く光っており、見ているだけで体がすくんでしまいました。

城内の人達は突如出現したドラゴンに対応するため、慌ただしく動いています。

私とナイジェルは王城の屋上——王都で最も空が近い場所まで移動して、ドラゴンを見上げます。

するとドラゴンは私達の前で止まり、目線を合わせました。

『聖女よ』


鼓膜を震わせる声。

私はそれを聞き、確信します。

「やはり……ファーヴですね」

『そうだ』

とファーヴからの返事。

先日、ベルカイム王国で『まあお前には俺のことなど、分からないだろうな』と寂しい顔をして言った、彼の顔が頭に浮かびます。

「なんのつもりだ？」

次にドグラスが問いを投げかけます。

『迎えにきた』

「誰をだ」

『決まっている。そこの女——聖女だ。お前は俺と一緒に来てもらう』

一方的な通告。

これにより、今まで抑えていたドグラスの怒りが一気に爆発する。

「ふざけるな！　どうしてエリアーヌが――」

「ドグラス、私にもファーヴと話をさせてください」

今にもドラゴンの姿になって飛び立ちそうなドグラスを、私は手で制します。

「随分勝手な申し出ですね。こんな遅い時間に……しかも行く先も告げずに、レディーを誘うのは無謀すぎるのでは？」

『ふんっ。面白いことを言う聖女だ。そうだな、お前は――』

ファーヴが言葉を続けようとしますが、ドグラスが私を守るように一歩前に出て、話を遮ります。

「エリアーヌ、これ以上こやつの言葉に耳を傾ける必要などない。どうせ、ろくでもないことを考えているに決まっている」

『俺も嫌われたものだな。まあ……言っても、信じてくれるとも思っていなかったさ。しかし俺にも時間がない。無理やりにでも連れていくだけだ！』

そう言って、ファーヴはその口を開きます。

口内に黒い魔力が集まっていく。

そして――発射。一瞬、王都を覆い尽くす光が発せられたかと思うと、漆黒の炎の波動が私達に向けて放たれました。

しかし。

「やはり、結界に防がれるか」

ファーヴから放たれた炎は、王都に張られていた結界に阻まれます。

私は始まりの聖女の力を得て、世界各国の街や村に結界を張っています。

中には結界を張ることを拒んだ国もありましたが――もちろん、リンチギハムの王都も例外ではありません。

邪悪なものを退ける完全な結界は、魔族ですら突破することが出来ない。

未だにファーヴが強硬手段に出ず、王都の上空で滑空しているのは、結界を壊すことが出来ないからでしょう。

「偉そうなことを宣《のたま》ったくせに、汝の力はこれしきか？」

ドグラスが鼻で笑います。

「エリアーヌの結界は完璧だ。我とて、この結界を壊すことは出来ない。この結界がある限り、汝はエリアーヌに指一本触れることなど出来ぬぞ？」

『確かにそうかもしれないな。だが――』

ファーヴは私達から視線を外し、

『街の外なら？　なにも国民全員が街の中に引きこもっているわけではないだろう。聖女が出てくるまで、そいつらを皆殺しにしても面白いかもしれぬな。俺と聖女の我慢比べか』

「やはり……汝は昔の災厄を再現しようとしているのか。また二百年前の地獄を再現するつもりか？」

『……』

ドグラスの問いに対して、ファーヴは口を閉ざします。

「いいだろう。我が汝の相手になってやる。汝が人間に手出しする前に、我の手でその命を終わらせてやる」

ポキポキと拳を鳴らすドグラス。

『……聖女を連れ去る前に、まずはお前から始末しなければならないようだな』

「よく分かっているではないか。せっかく、二百年ぶりに戦うことになるんだ。ここでは街に被害が出るかもしれぬし……いつ、いつもの場所を戦いの舞台としよう」

『いつもの場所──か。くくく、なるほど。面白い。俺も横槍が入るのは本意ではない。お前の誘いに乗ってやろうじゃないか』

そう言って、ファーヴは夜空に飛び立っていきました。

あの様子だと、ドグラスの言う『いつもの場所』がどこなのか、分かっているみたい。

「エリアーヌ──少し待ってろ。すぐにヤツとの因縁にケリをつけて、こっちに戻ってくる」

ドグラスもすぐさま彼の後を追いかけようとします。

だけど。

「待ってください」

そんなドグラスを私は呼び止めます。

「なんだ、エリアーヌ。止めるつもりか？　無駄だ。エリアーヌになにを言われようとも、我はフアフニールと決着をつける」

「いいえ、違います」

今にもドラゴンの姿になって飛んでいきそうなドグラスに、

「ドグラス、お願いします。私も連れていってください」


覚悟を決めて、私はそう宣言します。

「なっ……！　正気か？　エリアーヌがわざわざ出ていく必要など、どこにもない。ここは我に任せて――」

「あなた一人には任せられません。それに……あなたは必要ないと言っていましたが、やっぱりファーヴの話をもっと詳しく聞くべきだと思うんです」

「急に現れて、街に向かって炎を吐くようなヤツの言葉をか？」

「ええ。それに――」

私は先ほど、ファーヴが手加減しているように感じました。

仮に結界が壊れたとしても、街に被害が出ないように。

普段のドグラスならそのことに気付けたと思いますが、彼はファーヴを前にして冷静さを失っています。

頭に血が上っている彼とファーヴを二人きりにさせる方が、なにか起こりそうで心配です。

「エリアーヌ、僕も行くよ」

ナイジェルも一歩前に出て、そう言ってくれます。

「汝らは二人揃《そろ》ってバカか⁉　愚策だ！」

「あなたの言う通り、私達が自ら危険に飛び込む必要はないかもしれません。だけど……私は知りたい」

「知りたい？」

「はい。ベルカイム王国でドグラスに出会った彼は、とても寂しい目をしていました」

どうして、あんな顔をしたのか。

先日からファーヴの表情が頭に焼きついて離れない。

「彼にもなにか事情があるのかもしれません」

「このままじゃ分からないことばかりで、なにも手の出しようがないからね」

「……ああ！　くそっ！」

ドグラスは頭を掻《か》きむしり、こう続けます。

「また汝らのお人好《ひとよ》しが発動したのか！」

「お人好し、上等です。ならば、こうなった私達を止めるのは不可能だってことを、ドグラスも知っているでしょう？」

「今まで散々、似たような場面を見てきたからな。ここで我が汝らを置いていっても、勝手に付いてくるだろう」

「その通りです」

「強《したた》かな聖女だ。だが、そういうところに我は惚《ほ》れ──」

「え？」

「な、なんでもない」

ぷいっと視線を逸らすドグラス。彼がなにを言いかけたのか分からず、私は首をかしげます。

「まあ汝ら二人の戦力は、我にとっても心強いことは事実だ。付いてこい。我がファフニールのところまで汝らを導こう」

そう言ったドグラスの体から光が放たれます。

光が消えた頃には、ドグラスはドラゴンの姿になっていました。

私とナイジェルはお互いに顔を見合って頷き、ドグラスの背に乗ります。

私達を乗せたドグラスは両翼を広げ、ファーヴを追いかけて飛び立ちました。


「……っ！」

「エリアーヌ、大丈夫かい？　さっきから怖がってるみたいだけど……」

ドグラスの背の上。

私を胸元に抱き寄せ、ナイジェルは心配そうに声をかけました。

「は、はい。すみません……こんなことを言っている場合ではないとも分かっていますが、予想以上に高くて……」

率直に言うと、怖い。

ドグラスのことだから計算してくれていると思いますが、体に強い風を感じていると、いつここから放り出されてしまわないか心配になります。

『ベルカイムで先日開かれた結婚式の時は、そんなことを言わなかったではないか』

ぐんぐんと高度を上げながら、ドグラスが呆《あき》れ気味に言う。

「あの時はレティシア達を救うために、必死でしたから。あの時と比べて、まだ時間の猶予がある分、冷静になるといいますか」

『情けないことを言うな。まだ、これは始まりだぞ。しっかりと摑《つか》まっていろ！』

「は、はい！」

先を飛ぶファーヴを追いかけるため、ドグラスが速度を上げます。

最初はどこに向かっているのか分かりませんでしたが、その場所に近付くにつれ、私もようやく気付きました。

あれは――。

訪れたことはありませんが、私にとっても縁の深い場所。

精霊の森も飛び越え、国境を跨《また》ぎ――私達はある森の上空へと辿り着きます。

そこはベルカイムの王都から少し離れた地点にある森。

ファーヴはドラゴン形態を解き、地面に着地します。

それと同じく、ドグラスもゆっくりと降下し、私達を下ろしてから人の姿に戻りました。

「やはり、この場所で合っていたか」

辺りを見回して、そう口にするファーヴ。

「そうだ。覚えているか？」

「もちろんだ。少し風景は変わっているが――ここは昔、お前が棲家としていた場所だったな。俺達はここでよく戦っていた」

そう。

人里から離れ、ある噂のせいで人間が寄りつこうとしない場所。

その噂《うわさ》とは――ドラゴンが棲息《せいそく》している、と。

かつてドグラスが巣としていた場所です。

彼は長らくここに身を潜めていました。そんな時、まだベルカイムの聖女だった私から念話が飛んできたというわけですね。

「まさか聖女もご同伴とはな。どうして、わざわざ聖女を危険に晒《さら》すような真似《まね》を？」

「聖女は汝と話をするのがお望みのようだからな。話せ――と言いたいところだが、そう簡単に話すわけがないだろう？　それにこのお人好し聖女と王子はともかく、我は汝を信頼していない」

「なにが言いたい？」

「なあに、やることは変わらない。ドラゴンと会うのは、我も久しぶりでな。言葉を交わすなど、我らの柄ではない。ドラゴンの流儀で話し合おう」

「ドラゴンの流儀――つまり戦いながら、ということだな」

「そういうことだ」

ドグラスの声は場違いなほど、楽しそうに聞こえました。

「そうだな――我らドラゴンには言葉など必要ない。力で語り合うのみだ」

とファーヴはドグラスの提案に応え、両手に剣を出現させます。

ベルカイム王国で大立ち回りを演じ、私に差し向けられた刺客や呪いのベヒモスを倒した情景が、頭に甦ってきました。

「二度と覚めない眠りにつかせてやる」

徒手空拳のドグラスも構え、ファーヴと向き合います。

「あ、あの……やっぱり、話し合いで解決というわけにはいかないんでしょうか？」

「ならん」

「ドラゴンの間に言葉は必要ない」

私が恐る恐る仲裁しようとすると、ドグラスとファーヴは揃って即答しました。

もうっ……！

二人とも、似た者同士なんですから。

「ここはドグラスを信頼しよう。ドグラスなら、きっと上手《うま》くやってくれるだろうから」

「ですね」

私とナイジェルは固唾を呑み、二人の戦いをしばらく見守ることにしました。

「この二百年で、お前がどれだけ強くなったか──確かめてやろう！」

ファーヴが目の前から消失。

あっ……と思った瞬間、既に彼はドグラスの前に現れて、手に持った剣を振り上げていました。

振り下ろされた剣を、ドグラスは右腕で受け止めます。

ドグラスとファーヴは激しい戦いを繰り広げました。

割って入ることが出来ないほどの、速く、そして力強い動き。

私とナイジェルはただ、ドグラスの勝利を願うことしか出来ません。

やがて──均衡が崩れます。

「くっ……」

「どうした。お前の力はこんなものか？」

ファーヴが両手に持った双剣を十字にクロスさせ、ドグラスのたくましい腕を押し込みます。

力比べを嫌がったドグラスが、すかさずファーヴの背後に回ります。

そして後ろから強襲。

ファーヴの後頭部に手刀を叩き込もうとしました。

「甘い！」

しかしその動きを読んでいたのか。

ファーヴは流れるような動きで、二本の剣を右手で持ちます。そして空いた左手で、手刀を放ったドグラスの手首を掴み、そのまま体勢を低くする。

背負われた形となったドグラスは、空中で逆さまになって、地面に叩きつけられました。

「ぐはっ！」

ドグラスの口から苦悶《くもん》の声が。

そんなドグラスを見下し、ファーヴはこう言います。

「弱くなったな、ドグラス。魔王がいなくなった平和な世で、強さを求めなくなったか？」

「ほざけ」

そう言うドグラスに、ファーヴは剣を天にかざします。

「敗者はただ死すのみ——それがドラゴンとしての慣わし。ここで俺がお前の命を終わらせてやろう！」

その勢いのまま、力いっぱいの一撃が振り落とされ——。

「それ以上は許しません」

ドグラスに剣が接触しようとした瞬間、見えない壁に阻まれたように剣が弾《はじ》かれます。

「結界か——聖女よ、邪魔をするな。これは俺達の問題だ」

「勝負はもう、ついているでしょう？　それ以上やるつもりなら、私も手を出さざるを得ません」

ドグラスの敗北——。

いつだって、ドグラスは強くて、私達の助けとなってくれました。

そんな彼がファーヴに手も足も出ず、倒れ伏しているのは私達にとって衝撃。

だけど、だからといって、これ以上なにもせずに傍観するわけにはいきません。

「エ、エリアーヌ……手を出すな。戦いの最中に手を出されるのは、ドラゴンにとって屈辱的なことだ。それに……我はまだ負けていない」

ドグラスは顔だけをこちらに向け、そう表情を歪《ゆが》ませる。

目立った外傷はありませんが、立ち上がれないほど体に負担がかかっているのでしょう。

「ドグラス、私のために戦ってくれてありがとうございます。ですが、ここからは私達の番です」

私がそう言うと、ナイジェルがファーヴの前に立ちはだかります。

「エリアーヌには触れさせないよ」

「ナイジェルといったか。女神の加護に完全に適応した人間。だが——無駄だ」

ファーヴが地面を蹴り、ナイジェルに肉薄します。

超スピードの接近に、ナイジェルは反応出来ません。

ファーヴはそのままいとも簡単にナイジェルの横を通過し、そのまま私へと剣を一閃《いっせん》。

すぐに方向転換し、私に手を伸ばすナイジェルの姿が、やけにスローモーションに見えました。

「エリアーヌ！」

しかし私は目で「大丈夫」と合図をします。

それと同時、ファーヴの剣が私の目の前で停止しました。

「……どういうつもりだ。死にたいのか？」

剣を止めたまま、ファーヴが不可解そうな表情を作ります。

私は彼から目を逸らさず、こう口を動かす。

「私を殺すつもりはないんでしょう？　あなたは私の力を求めていた。私に死んでもらっては困るはずです」

「そうだとしても、避《よ》ける素振りすら見せないのはバカなのか？　俺の手元が狂ったら、どうするつもりだったんだ」

測るような口調で、ファーヴがそう問いを重ねます。

「だって私、あなたのことを信頼していますから」

「……は？」

きょとんとするファーヴ。

「あなたの強さは、ベルカイム王国で見ています。手元が狂うなんて有り得ません。それに……あなたはあの国で、私達のことを助けてくれた。その恩義に報いるためにも、私はあなたを信じたい」

それはお人好しすぎる考えかもしれません。

ファーヴの真意も分からないのに、彼のことを信じるだなんて普通なら有り得ない選択。

だけど——私は信じています。

ファーヴの『正義』を。

「ドグラスとの戦いの最中も、ドグラスを殺そうと思えばいくらでもチャンスがあったはずです」

まあ、仮に本気でドグラスを殺そうとしても、私が許すはずありませんが。

「あなたはただ、殺意に囚《とら》われただけの存在ではありません。よければ、聞かせてくれませんか？どうして、あなたが私にこだわるのかを」

「……ふっ」

無表情のまま一瞬笑うファーヴ。

「話には聞いていたが、当代の聖女は筋金入りだ。この期に及んで、まだ俺と話し合いが成立すると思っているのか。どうせ無下にされるものだと思って諦めていたよ」

「もちろんです。だって……あなたは、それほど悪いドラゴンには見えませんから」

「悪いドラゴンには見えない……か。くっくっく……」

堪えきれなくなったのか、ファーヴは顔を伏せて笑いを零《こぼ》します。

「面白い。面白すぎる。君を見ていると、昔のことを思い出すよ」

「昔のこと？」

「まあいい。なら、聞かせてやろう。その上で、まだ同じことを言ってられるか確かめたくなった」

そう言って、ファーヴはゆっくりと剣を下ろしました。

「俺の――」

「待ってください」

地面で倒れているドグラスに視線を移し、私はこう言います。

「まずは傷の手当てです」

「……はい。これで治癒は完了しました」

かざした手を下げ、ドグラスにそう告げました。

「相変わらず、規格外の治癒魔法だな。礼を言うぞ」

「でしょう？」

ふふんっと私は得意げに言います。

「それにしても、あなたが負けるところを見るのは初めてで――」

「我は負けてなどいない！」

うっかり口を滑らせてしまうと、ドグラスは食い気味に声を大にしました。

「……すまぬ。言い訳など男らしくなかったな。今日の我はおかしい。むしゃくしゃしている」

失言だと思ったのか、気まずそうに視線を逸らすドグラス。

もうこれ以上話しかけるな……そんなオーラも感じました。

「さすがは聖女だな。それだけ安定した魔力で、速く治癒魔法を発動出来るのは、世界広しといえども君くらいしかいないだろう」

――私とドグラスの様子を眺め、そう口にするのはファーヴ。

ファーヴはあれほど激しい戦いの後だというのに、息切れすら起こしていません。

「いえいえ、これくらい大したことありませんから。次はあなたの番ですよ」

「俺か？　俺はそいつと違い、治癒魔法など必要ない。君が俺のために、魔力を使う必要などない」

「そういうわけにもいかないでしょう。意外と見えないところに傷を負っているかもしれませんから」

固辞するファーヴに、私は治癒魔法をかけます。

暖かい光がファーヴを包む。

「終わりました」

「それにしても君は本当にお人好しだな。俺は君を攫《さら》おうとしたのだぞ？」

不可解そうにファーヴは目を細くします。

「お人好し……？　言うことはそれだけか？」

「まあまあ、ドグラス。そう意固地にならないで。ファーヴから話を聞けないかもしれないだろう？」

ナイジェルが優しくドグラスを宥《なだ》める。

さっきから——というより、ファーヴに会ってから、ドグラスはどうもイライラしているようです。

「ファーヴ——早速ですが、聞かせていただけませんか？　あなたがこうする理由を」

声に真剣さを滲《にじ》ませて、私はファーヴに問う。

当初、彼はなかなか口を開こうとしませんでした。

ですが、それでも私がじっとファーヴの瞳を見つめていると、彼は小さく笑って。

「そうやって見られていると、やはり昔のことを思い出す。君は彼女によく似ている」

「彼女……？」

と私は首をかしげます。

私の首に剣を突きつけた時、ファーヴは同じことを言いました。やはり過去の出来事が、今回の大きな鍵になってくるのでしょうか。

「その人は誰でしょうか？」

「俺の恋人だ」

きょとん。

予想だにしなかったことを言われ、私はすぐに言葉を返せませんでした。

「はあ？　汝はなにを、ふざけたことを言っている」

ドグラスがいち早く反応する。

「ドグラスも知らないんですか？」

「知らん。まさか汝、この二百年の間になにをしていたかと思えば、恋人を作って遊んでおったのか？」

「違う。二百年前、貴様と初めて会った頃には、既に彼女は俺の近くにいた。そしてこの話は、俺が当代の聖女を求める理由にも大きく関わってくる」

『彼女』と言葉を口にする時、ファーヴはとても優しそうな表情をします。

しかし一転、苦しそうに顔を歪ませて、

「話そう——二百年前、俺になにがあったのか。竜島の悲劇とは、なんだったのか。どうして俺が聖女の力を求めるのか――について」
ファーヴはゆっくりと語り始めました。

◆
◆

俺の恋人は聖女だった。
時の聖女と呼ばれ、時を操る力がある――と言われていたが、詳しくは分からない。
実際、俺は彼女がその力を使うところを、一度たりとも見たことがなかったしな。
彼女の名前はシルヴィといった。
普段はおっとりしているが、自分の意志を持っている強い女性だった。
ファーヴという名前も、彼女が付けてくれた。
俺達はお互いにいつしか、惹《ひ》かれあっていったんだ。

しかし俺達の間には問題があった。

それが種族の違い。
俺はドラゴン族で、彼女は人族。
俺達ドラゴンは、人と深く交わることを固く禁じられていた。

ゆえに俺達の関係は、誰かに知られるわけにはいかなかった。俺だけならともかく、シルヴィにも危険が及んでしまうかもしれないからだ。

しかし俺はシルヴィとの関係をみんなにも認めてもらいたかった。

それは彼女も同じだった。

人間の素晴らしさに気付いた——という理由もあるが、俺はいつしかドラゴンと人間の架け橋になりたい……そう考えるようになった。


途中まではよかったはずなんだ。


だが……とうとう俺達の関係が、長命竜に気付かれてしまった。

長命竜アルター。

どのドラゴンよりも長く生き、そして強かったと聞く。

アルターは人間との関わりに否定的だった。

ドラゴンと人が深く交われば、ろくなことが起こらない。無用な争いを生む……そう考えていた。

俺とシルヴィの関係に気付いたアルターは、二人の仲を引き裂こうとした。

当然、俺達はアルターの考えを否定し、ヤツと決別することになった。

今思えば——それが過ちであった。

シルヴィのことを考えるなら、俺は自分の感情を押し殺して、彼女と別れるべきだったのだ。

アルターとその追っ手から逃げていた俺達は、とうとう竜島で追い詰められることになる。

そこで激しい戦闘が繰り広げられたが、アルターは強かった。

ヤツの吐くブレスは、周囲のものを黄金に変える力を持っている。

俺も強さには自信と誇りを持っていたが、アルターの前では無力だった。

戦いの余波によって、アルターの仲間のドラゴン達、そして周囲の木々の一部が黄金と化し――

それはシルヴィにも及んだ。

黄金となったシルヴィを抱え、アルターと言葉を交わした時のことをつい最近のことのように思い出せる――。


『俺が人と深く交わることを、どうしてそこまで忌避するのだ！』

俺の叫びにアルターはなにも答えず、その深い瞳で見下していた。

『答えろ！　彼女は優しく、争いを嫌う人間だった。俺が彼女と仲良くすることによって、お前が懸念する無用な争いなど生まれるはずがない』

『無用な争い……か』

ようやく口を開いたかと思うと、ヤツは独り言のような言葉を吐いた。

『思えば、今までの儂《わし》は臆病だったかもしれぬ。貴様に言われて目が覚めたよ。争いを恐れるのではなく、受け入れる。それがドラゴンとしての誇りだ』

『なにが言いたい』

『これ以上は語らぬ。そやつの力を目にして、良策が閃いたしな』

憐れむような視線を、アルターは俺に向ける。

『彼女を元に戻したいか?』

『当然だ』

『ならば、悔いあらため我が元に来るといい。貴様が自分の過ちに気付いた時、聖女を元に戻してやろう』

そう言って、アルターは飛び立つ。

俺はその後を追いかけることはしなかった。今すぐ追いかけても、アルターは彼女を元に戻してくれないと思ったからだ。

『シルヴィ』

黄金になったシルヴィを抱き、俺はそう名前を呼ぶ。

ドラゴンと人間の架け橋になりたい。

だが、それ以上に――俺はシルヴィと、ただ平穏に暮らしたかっただけなのかもしれない。

『シルヴィ、シルヴィ』

何度呼びかけても、彼女は返事をしてくれない。

絶望に打ちひしがれ、彼女を抱いたまま、俺はその場から一歩も動くことが出来なかった。

すぐだったかもしれない。それとも、何日か経っていたかもしれない。

茫然自失《ぼうぜんじしつ》としている俺の前にかつての友、赤きドラゴンが姿を現した。

彼は言う。

『お前がやったのか……？』

◆　◆

「それがあの時の真実だ」

ファーヴは辛《つら》そうに語り終えた後、ぎゅっと右拳を握りました。

昔のことを思い出しているのか、その拳は微かに震えています。

「その後……シルヴィさんを元に戻してもらうために、長命竜アルターの元へ向かったのですか？」

「悩んだんだがな。なにかの罠《わな》の可能性もあった。しかし……俺には選択肢はなかった。シルヴィを救うためには、アルターに従うしかなかったんだ」

ファーヴはさらに続ける。

「アルターのところへ行き、俺は抱えた黄金のシルヴィを元に戻してくれるように懇願した。もう彼女には近寄らない。だからシルヴィだけでも……と」

「それで……どうなったんですか？」

「アルターは俺の言葉を信じなかった。アルターはシルヴィを元に戻さず、危険因子だった俺を

『時の牢獄《ろうごく》』に閉じ込めた」

「時の牢獄？」

とナイジェルが疑問を零す。

「ここことは違う、別の次元にあるとされる空間だ。その空間の中では時間が止まっており、歳《とし》を取ることもない」

「そんな場所が……時の牢獄にいた時のことを、なにか覚えているかい？」

「深い暗闇だった。そしてとても辛い空間だった……ように思える。ぼんやりとしか覚えていないんだ。それが自己を守るための防衛反応なのか、はたまたそういう仕組みの空間なのかは分からぬがな。そして時の牢獄から出た時、現世では二百年が経過していた——ということだ」

「なにがきっかけで、時の牢獄から脱出することが出来たんですか？」

私が問いを挟むと、ファーヴは少し考え込む素振りを見せてから、こう言葉を紡ぐ。

「おそらく、魔王がいなくなったことによる歪みの結果だと思う。魔王は強大な存在だ。それがいなくなることにより、時の牢獄が壊れた……と俺は考えている」

「なるほど。思えば、《白の蛇》の時も似たようなことがありました」

魔王がいなくなることによる歪みは、思ったよりも大きいようです。

「一つ——あんまり関係ないかもしれないんですが、聖女のシルヴィさんには婚約者はいなかったんですか？　聖女はベルカイムの王子と結婚する慣わしなんですが——」

「今はそうなのか？　俺がいた頃の時代では、そういった風潮はあるものの、しっかりとは決められていなかった」

なるほど。

二百年前には、聖女と王子が結婚する伝統はなかったみたい。

もしかしたら、ファーヴとシルヴィさんの一件があったからこそ、作られた伝統だったかもしれませんね。

「そしてここからが話の本題になる」

ファーヴは声に真剣味をより一層含ませて、こう言いました。

「時の牢獄から解放され、俺は竜島で目覚めた。アルターは既にいなかった。しかし――代わりに、黄金になったシルヴィが残されていたんだ」

「なんということ……シルヴィさんも黄金になることによって二百年間生き残っていたんですね」

「そういうことになるんだろう」

とファーヴは、吐き捨てるように答えます。

「俺はシルヴィを元に戻す方法を探した。だが、唯一その手段を知り得ていたアルターはもういない。途方に暮れた俺は考えた――当代の聖女なら治せるかもしれない……と」

そう言って、ファーヴは私を真っ直ぐ見つめる。

「ベルカイム王国では、君の力を確かめていた。本当に当代の聖女はシルヴィを治すことが出来るのだろうか、と。確証は持てなかったものの、君しか頼ることが出来ない。これが君を攫い、竜島に連れていこうとした理由だ」

今度こそ言いたいことは全て出し尽くしたのか、ファーヴが口を閉じます。

時の聖女――ファーヴの恋人――長命竜アルター、そして時の牢獄――。

正直、初めて知る事実がいっぱいで頭がパンクしそうです。


「都合がよすぎるな」


今まで沈黙を守っていたドグラス。

彼はファーヴに詰め寄り、胸ぐらを摑み上げる。

「間違った情報がドラゴンの間で広がったのも、長命竜アルターがわざとそうしたのだと考えれば辻褄《つじつま》は合う。しかし――人間の恋人がいた？　黄金にされた？　元に戻してくれ？　百歩譲って全て本当だとしても、それらは全て汝の都合だ」

「その通りだ」

「そのために汝はエリアーヌを連れていこうとした。竜島にはなんの危険もないのか？　アルターが生き残っている可能性は？」

「……約束は出来ない。だが、俺はどんな犠牲を払ってでも、シルヴィを――」

「黙れ」

ドグラスがファーヴを地面に叩きつけます。

ファーヴはなにも抵抗しませんでした。

それでも気が収まらなかったのか、ドグラスは続けて拳を振り上げ、ファーヴに殴りかかろうとすると、

「ドグラス、君の気持ちも分かるけど、あまり褒められた行為じゃないね」

その拳をナイジェルが受け止めていました。

「二百年前、我はこいつに裏切られた。これくらいで済んでるから、逆に感謝してほしいほどだ」

ナイジェルの手を乱暴な手つきで振り払い、溜《た》め息《いき》を吐くドグラス。

ファーヴも腕で口元に付いた砂を拭いて、立ち上がりました。

「……で、エリアーヌはどう考える？　ファフニールの言うことを信じるつもりか？　……まあ、お人好しの汝のことだ。答えなど分かりきっているようなものだがな」

とドグラスが私に問いかけます。

ファーヴの言ったことを、全て嘘だと断ずることは簡単でしょう。

ですが――。

「私はファーヴのことを信じます」

「本気か……？」

私の言ったことを誰よりも予想していなかったのか、ファーヴは不可解そうな表情を作ります。

「はい」

「俺にとれば願ったり叶《かな》ったりの話だが——どうして俺を信じてくれるんだ……？　俺が嘘を吐いていないと、どうして断言出来る」

「仮に話に嘘が隠されていたとしても——あなたがシルヴィさんを助けたいと思う気持ち。それだけは、間違いなく本当だと感じたから」

それに——。

「私はまだ、あなたに恩を返していません」

「恩？」

「ベルカイム王国で、あなたは私達を助けてくれました」

ファーヴにとっては、私の力を見定めたかっただけかもしれません。

だけど彼の力がなければ、クロードとレティシアを救えなかったのも事実。

「私、受けた恩は必ず返すたちなんです。あなたが困っているなら、私は手を差し伸べたい」

そう言って、私はファーヴを安心させるように微笑《ほほえ》みます。

「まあ、なんとなくこうなる気がしていたから、我もエリアーヌにわざわざ聞きたくなかったのだ」

「だけどそれがエリアーヌの良いところだよ。損得抜きにして、他人を信じ、手を差し伸べようとする。そんな彼女だからこそ、僕は好きになったのさ」

ドグラスとナイジェルが私を眺めて、そう口々に言っていました。

「…………」

「どうしました？　ファーヴ」

私の顔を一心に見つめ、言葉を失っているファーヴ。

私は首をかしげます。

「いや……本当に君はシルヴィに似ていると思ってな。彼女も君みたいに、よく誰かを信じて、困っている人に手を差し伸べてきた。それが本当の強さだと、俺は彼女に気付かされたんだ」

「あら、シルヴィさんとは気が合いそうですね。彼女を救い出せたら、紹介してくださいね？」

「ああ……！　もちろんだ」

とファーヴは頷いて、私の前で地面に膝を突き、頭を下げた。

「ありがとう。いくら礼を重ねても重ねきれない。君はまさしく、聖女になるために生まれてきたような存在だ」

「ああ、そうそう。先ほどから『君』とか『聖女』と呼んでいますが、私にはエリアーヌっていう名前がちゃんとあるんですよ？」

私がそう言うと、ファーヴが虚をつかれたような顔になる。

「こうなった以上、ファーヴも私達の仲間です。せめて名前で呼んでくれますか？」

「だ、だが」

「どうしました？　なにか気になることでも？」

と私はファーヴに顔を近付けます。

すると彼は気まずそうに顔を逸らしました。

「い、いや……なんというか、人間を名前で呼ぶのは気恥ずかしくてな。二百年前でも、人間でちゃんと名前を呼んだのはシルヴィくらいだった」

よく見ると、ファーヴの頬が少し朱色に染まっているように見えます。

もしかして……照れているのでしょうか?

ふふっ、掴みどころのない方だと思っていましたが、こういう可愛《かわい》いところもお有りなんですね。

ただこれだけだというのに、ファーヴと距離が縮まった気がしました。

「ナイジェルとドグラスは、どうしますか? 私達に手を貸してくれますか?」

一旦ファーヴから顔を離し、二人に質問を投げます。

「僕もエリアーヌと同じ気持ちだ。リンチギハムには『仲間が困っていれば手を差し伸べよ』って、代々伝わる言葉もあるしね。君が信じたファーヴを、僕も信じるよ」

「我はファフニールのことを信じぬ。協力するつもりもない。だが、汝らのことは放っておけぬ。だからこれは監視だ。そいつがなにか変なことをしないか、我が見張っておいてやる」

よかった。

二人とも、私に手を貸してくれそう。

ドグラスはまだファーヴのことを信頼しきっていないみたいですが、仕方がありません。

なにせ、ドグラスはずっとファーヴを待ち続けていたんですから。

二人の間の溝が埋まるのは、まだ時間がかかりそうです。

「では、あらためまして……ファーヴ、これからよろしくお願いします」

私は右手を差し出す。

「……握手をしろと？」

「それ以外になにかあるとでも？」

「い、いや、シルヴィ以外の人間の女性に触れたことがなくてな。戸惑ってしまった。では──」

ファーヴは恐る恐る私の手を握ります。

「俺からもよろしく頼む。聖女──いや、エリアーヌ、どうか俺に力を貸してくれ」

「はい、もちろんです」

私が頷くと、それに安堵《あんど》したのかファーヴの顔色が穏やかなものになりました。

第二話

――夢を見ている。

何度も頭の中で繰り返された、ヤツとのやり取り。

きっと俺は罪悪感に押しつぶされそうになっているんだろう。

ヤツは俺を見下しながら、こう言った。

「――最後の鍵は〝真の聖女〟だ。二百年間も待ちくたびれた。聖女をこの手におさめる」

「待て」

俺は――――を止める。

「一つ、確かめていないことがある。聖女が街や村々に張った結界だ」

「大した問題ではない。聖女もそうすんなりと儂《わし》に付いてくるはずがない。戦いが起こる。その時、結界の効力を確かめることが出来る」

「当てが外れたら、どうする？　無駄足だ。人間達の警戒心を高めるだけになる。だから俺が行く」

俺が言うと、ヤツは眼光を鋭くする。

「なにを考えておる？」

「なんのことだ?」

「まあいい。貴様の言うことにも一理ある。なんにせよ、未来は変わらない」

殺気が俺に向けられる。

「時間を与えよう。三日——いや、明日だ。明日中には聖女を必ず連れてこい」

「任せてくれ」

「警告しておくが、妙な気を起こすな。貴様が失敗すれば、ただちにあ、、、の黄金は破壊する」

「……分かっている」

悔しさと惨めさで心が張り裂けそうになる。

だが、彼女を救えるなら、俺の心臓なんていくらでもくれてやる。

俺が頷《うなず》くと、ヤツは満足そうに口角を吊《つ》り上《あ》げた。

◆　◆

朝。

「ん……」

ようやく彼——ファーヴが目を覚ましてくれました。

窓から差し込む朝陽《あさひ》が眩《まぶ》しいのか、彼は右腕で目を隠します。

「お目覚めですか?」

私は優しく声をかけます。

「ここは……」

「覚えていないのですか？　昨日、あなたはここリンチギハムの王都に来ました。そして私達と協力することを決め、ひとまず王城に泊まることになったんですよ」

「……そうだったな」

ようやく記憶が鮮明になってきたのか、ファーヴがそう声を漏らします。

昨晩は怒濤《どとう》の一夜でしたからねえ。

私も、昨日ファーヴが語ったことを思い出すと、頭が混乱してしまいます。

私は自分自身でも頭の中を整理するために、昨晩の記憶を辿《たど》る。

ファーヴの恋人は二百年前の聖女でした。

彼女は長命竜《ちょうめいりゅう》アルターに目をつけられ、黄金にされてしまいます。そしてファーヴも、時の牢《ろう》獄《ごく》に閉じ込められる結果になりました。

そして時の牢獄から解放されたかと思ったら、アルターは既にいなくなっており、黄金になったシルヴィさんだけが残されていました。

そこでファーヴは彼女を救うため、私に協力を要請したのですね。

ファーヴはすぐにでも竜島《りゅうじま》に向かい、シルヴィさんを救い出そうとしました。

しかし彼も疲れているでしょうし、急ぐのは禁物。

そこで私達は一旦ファーヴを王城に連れ帰り、体力を回復させるためにも、この一室で夜を過ごしてもらうことにした――というわけです。

最初は渋っていたファーヴも、ベッドで横になるとすぐに寝息を立てた――とナイジェルとドグラスは言っていました。

「すまない。君の力を借りるだけでは飽き足らず、寝床まで用意してもらった。いくら感謝しても感謝しきれない」

「そう言って、汝《なんじ》は自分の罪悪感を誤魔化すつもりか？」

ずいっ。

私の後ろから一緒に付いてきていたドグラスが顔を出し、ファーヴに厳しい視線を向けます。

「……お前も来ていたのか」

「当然だ。エリアーヌと汝を二人きりにさせたら、なにが起こるか分からないだろう？」

「俺が彼女に手を出すわけがなかろう」

「どうだか」

ドグラスが、怪しむような視線をファーヴに向けます。

「まあまあ、ドグラス」

私はそう言って、ドグラスを宥《なだ》める。

「色々とありましたが、私達はファーヴに協力することになったんですよ？　少しは仲良くしましょう」

「こいつとか？」

「ええ。元々、あなたはファーヴの親友だったのでしょう？　積もる話もあるでしょうし、仲良く出来るはずです」

「ない。エリアーヌが言っているから、渋々協力はしているものの、我はこいつのことをまだ信頼していない。こいつに協力するわけではない。我はエリアーヌに手を貸すのだ。それを忘れるな」

とドグラスはきっぱりと言い放ち、ファーヴから視線を外します。

「まあ今更、そいつ――確か今は、ドグラスという名前を授かっているんだったか？　ドグラスに許してもらおうと思っていない」

「汝が我の名前を気安く呼ぶな。ファフニールよ」

とドグラスがファーヴに睨《にら》みを利かせます。

しかしファーヴはそれを無視して、立ち上がろうとします。

「俺はシルヴィを救いたいだけだ。すぐに竜島に向かい、シルヴィを――」

そして一歩を踏み出そうとした時。

ファーヴの体がぐらりと倒れそうになり、慌てて私が彼を支えます。

「無茶しないでください。疲労が蓄積しているようです。私の治癒魔法でも、積もっていた疲労は完全に回復しませんから」

「し、しかし……」

「シルヴィさんに会う前に、あなたが倒れては意味がありません。あなたは少し、自分の体を労《いた》わるべきです」

自分の体調に気が付かないくらい、時の牢獄から解放されてから、ファーヴは奔走し続けていたはず。

それほど、シルヴィさんのことを大切に思っているのでしょう。

「エリアーヌ、そいつに触れるな」

少しむすっとした表情を浮かべ、ドグラスが横から手を出します。

乱暴な手つきで私の代わりにファーヴの腕を取って、それを自分の肩に回します。

「軟弱になったたな」

「昨日、俺に負けた男の台詞《せりふ》とは思えんな。もう一度、戦ってみせようか?」

ドグラスとファーヴの間で火花が散ります。

「二人とも、仲良くしてください。そうだ——まずは腹ごしらえです。まだファーヴも疲れが取れていないでしょうから」

そう言って、私は人差し指を口元に当てて、ウィンクをします。

「朝ごはんの時間です」


ドグラス達と別れ、私は王城のキッチンまで移動しました。

「ここで料理をするのも、慣れてきましたね」

ベルカイム王国にいた頃から、私は料理を作るのが好きでした。

リンチギハムに来てからも、少しでも時間が空けば、キッチンに立っていましたが……今まで様々な料理を作ってきましたねえ。

「そういえば、今回はフィリップの時と似ているかもしれません」

精霊の王でもあるフィリップも、聖女――つまり私の助けを求めて、ベルカイム王国を訪れました。

お腹《なか》を空《す》かせている彼に作ってあげたオムライスは、今でも自信作だと胸を張って言えます。

「そうだ。朝ごはんはオムレットにしましょう」

そうと決まれば、早速行動です。

本来の朝食の時間とは少しずれているためか、キッチンには料理人の姿が少ない。

これなら落ち着いて料理が出来そうです。

私はてきぱきとオムレットの材料を集めます。鶏卵や塩、こしょう、牛乳や生クリーム。バターやチーズなどを用意します。

ボウルに卵を入れ、調味料や牛乳などを加えてかき混ぜていく。

フライパンを中火で温め、オイルやバターを入れて溶かす。その後、卵液をフライパンに流し入れ、中火で焼いていきます。

さらにチーズを卵液の上半分に載せて、七～八割固まってきたところで、反対側をかぶせるように折りたたみます。

両面を焼き、ふっくらとしたチーズオムレットの完成です。

「ふふっ、なかなかのものではないでしょうか？」

いつもより上手《うま》く出来た気がします。

自画自賛なのです。

チーズオムレットだけでは寂しいので、トーストや焼きベーコン、サラダも作っていきます。

少し作りすぎたでしょうか？

いえ、今から私達が挑む戦いは一筋縄ではいかないもの。

たくさん食べないと、途中で倒れてしまうかもしれません。

最後にフレッシュジュースをコップに入れ、チーズオムレットを中心とした朝食メニューをワゴンの上に並べていきます。

そして食堂まで運び、みんなの前でこう告げます。


「お待たせしました！　さあ、召し上がれ！」


テーブルに座っているみんなの前に、私は朝食が載ったお皿を並べていきます。

現在、食堂には私を加えて四人います。

ファーヴとドグラス――そしてナイジェルです。

「美味《おい》しそうだね」

「うむ、良い匂《い》いが漂っておる。見ているだけでお腹が鳴りそうだ」

とナイジェルとドグラスは並べられた料理を見て、目を輝かせました。

よかった。

どうやら好評みたい。

一方、ファーヴは料理を前にして、何故《なぜ》だか固まっている様子。

「どうしましたか？　なにか、苦手な食材でもありましたか？」

「いや、そうじゃないんだ。ただ、こうして人間の作る飯を食べるのは、二百年ぶりなものでな。昔のことを思い出していた」

「それを作ってくれた人というのは……」

「時の聖女——シルヴィだ」

ファーヴがシルヴィさんの名前を出す時、彼はとても懐かしそうで——そして辛《つら》そうな顔をします。

「彼女も料理が得意だった。よく、俺のために料理を作ってくれたよ」

「そうだったんですね。ますます気が合いそうです」

良いことを聞きました。

シルヴィさんを救い出し、早く彼女と話したい——心からそう思いました。

「シルヴィさんに思いを馳《は》せるのもいいですが……冷めないうちに召し上がってください。シルヴィさんよりは腕は劣るかもしれませんが……」

「ありがとう。じゃあ……」

とファーヴはチーズオムレットを口に運びます。

フォークとナイフを器用に使っています。

ドグラスだって、最初は苦労したのに……。

これもシルヴィさんと一緒にいることによって、覚えたのでしょうか？

そして何度か咀嚼《そしゃく》して、ファーヴはこう声を上げました。


「旨《うま》い！」


よかった。

どうやら、ファーヴのお口にも合ったよう。

「やはり人間の作る料理は、どれも旨いな。正直、食欲がなかったんだが……これならいくらでもいけそうだよ」

ファーヴが手放しに賞賛してくれます。

「ふんっ、人間が作る料理の中でも、エリアーヌのものは格別だ。それを食べられるなんて、汝は幸せものだな。まあ……我は頻繁に食べているわけだが！」

「そうだね。コックが作ってくれる料理も美味しいけど、エリアーヌのものはそれ以上に感じる。彼女の料理に、僕も驚きっぱなしさ」

ドグラスとナイジェルも、自分のことのように誇らしげに、私の料理を褒めてくれます。

二人も朝食を食べ始めます。私も自分用に作ったチーズオムレットに、再度目を移しました。

金色に焼き上げられた卵は、ふっくらとした山のような形状をしています。

チーズオムレットにナイフを通すと、中からとろけたチーズがゆっくりと流れ出ました。

一口大に切って、口に運ぶと、私が想像していたよりも何倍も美味しく感じます。

ふわっとした卵に、まろやかなチーズ。

二つの食感が、口の中で絶妙に合わさっています。

「おい、ファフニール。我にそのオムレットの残りをよこせ」

「嫌だ。残しているわけではない。他の料理を食べているだけだ。お前は昔から、好きなものがあったらそれを一心不乱に食べるな」

「ふんっ」

ドグラスが鼻で息をし、ファーヴから視線を外します。

ちょっと喧嘩腰《けんかごし》のドグラス。

だけど先ほどまで二人の間で流れていた不穏な空気は、随分緩和されたような気がします。


やっぱり、美味しいものはいい。

この朝食は、大事を成す前の腹ごしらえという一面もあるけれど、私は二人に仲直りしてほしかった。

まだ完全な仲直りまでは程遠い気がするけれど……少しはその一助になれたでしょうか？

そうして私達は朝食を食べ終わり、今後についてあらためて話し合うことになりました。

「ファーヴ、再確認しますね。黄金と化したシルヴィさんは竜島にいるんですよね？」

「ああ」

私が質問すると、ファーヴはそう頷いた。

「思ってたんだけど、黄金のシルヴィさんをどうして竜島に置いてきたのかな？」

ナイジェルからも疑問が飛び出します。

確かに……昨日の時点では気にならなかったんですが、ナイジェルの言うことにも一理あります。

黄金ということは、ある程度重いでしょうが、ファーヴがそれを苦にするとは思えませんし。

ファーヴはあらかじめ聞かれると思っていたのか、淀《よど》みない口調でこう答えます。

「それはもちろん考えた。しかし……動かせないんだ。どうやら、二百年という長い年月の間に、黄金のシルヴィは島と一体化してしまっている」

「黄金だから少し変かもしれませんが、大地に根を張る――というような現象が生じているんでしょうか」

「多分な」

やけにあっさりと答えるファーヴ。

むむむ。

黄金になったシルヴィさんを助けるためにも、少しでも情報は欲しい。

このことはなにかのヒントになりそうですが、ファーヴもよく分かっていないよう。

「………」

「ドグラス？　なにか気になることでも？」

「いや、なんでもない」

ドグラスは腕を組んで、そう答える。

「あっ、そうそう。もう一つ、エリアーヌに聞きたいことがあるんだけど……」

ナイジェルが手を挙げて、再び発言する。

「えーっと、基本的に聖女は世界に一人だけなんだよね。聖女が死ねば、次の聖女が選ばれる……って」

「はい。そういう仕組みになっているようです」

「なら、シルヴィさんが黄金になっただけで死んでいないなら、次の聖女が生まれてくる道理はないんじゃ？　だけどそうはならなかった。どうしてだろう？」

「聖女が一代に限り必ず一人と決まっているわけではないからです」

実際、今代の聖女は私以外にセシリーちゃんという二人目がいます。

極端なことを言いますと、聖女としての資格を持ち得るものがいれば、女神は二人でも三人でも聖女の力を与えることが出来ます。

だけど大きすぎる力は身を滅ぼす。

聖女の力は膨大で、世界のパワーバランスが崩れてしまいかねませんしね。

そもそも、聖女の力を発揮出来る人間がほとんど現れないという事情もあるのですが。

だから女神も、聖女の力を与える人間は最小限にしているのです。

「それにシルヴィさんが黄金になったことにより、聖女の力が機能停止に陥った。その時点で聖女の力は、次に移ったのではないでしょうか？」

「なるほど、そういうことか」

「もっとも、女神様の声が聞けない以上、これは私の推測になるんですが……」

「女神の声は、まだ聞こえないのかい？」

「はい」

ドグラスの問いかけに、私は首を縦に振ります。

始まりは《白の蛇》の事件解決のあと。

それから少しずつ——女神の声が聞こえなくなっていました。

そしてとうとう、クロードとレティシアの結婚式以降、いくら呼びかけても女神は私の声に応えてくれなくなったのです。

セシリーちゃんも私を媒介して、女神の声を聞けていたらしく、同様に声が届かないようでした。

ベルカイム王国で始まりの聖女の力を得て、女神と私との間で《道》が架けられたはずだというのに——です。

とはいえ、《道》が壊されたのかと言われると、そうでもないらしい。

聖女としての力は《道》が架けられる前よりも進化したままだからです。

「もしかしたら、女神様も休みたいだけかもしれませんね。《道》が架けられて以降、女神様も忙しかったでしょうし」

冗談めかして言うと、ナイジェルは「そうかもしれないね」と頷きました。

「女神のことは一旦置いておいて――すぐにでも竜島に向かうべきだね。事態が急変してしまう可能性もあるから」

そう言って、ナイジェルは椅子から立ち上がります。

「僕は陛下に報告しておくよ。今の時期に、王子である僕が勝手に国を空けるわけにはいかないから」

「ただでさえ、王位を継承する大事な時期ですもんね……」

この国の第一王子、ナイジェル。

まだまだ国王陛下はご健勝だけれど、結構なお年。いつ倒れてもおかしくありません。

なので陛下が健康なうちに、ナイジェルに王位を継承させてしまおうという動きが活発になっています。

幸い、他の王位継承権を持つ陛下の子ども達――セシリーちゃんや第二王子マリアさんを含め、全員がナイジェルが王位を継ぐことに賛成の立場。

そのおかげで、スムーズに王位は継承されるでしょうが……万が一のことがあります。ナイジェルが慎重になるのは仕方がないでしょう。

「やはり……君――ナイジェルも来るのか」

ファーヴが表情を暗くします。

「ん？　なにか都合の悪いことでも？」

「竜島には、危険がないとは言い切れない。わざわざ関係のない君達まで、行く必要があるのか……と」

「危険があるのなら、なおさら我らが行かない道理はないではないか」

そう言い放つのはドグラス。

「無論だが、我も行く。それともなにか？　我らに来てもらっては困る理由でもあると？」

「そ、そうじゃない。そこまで言うなら分かった。よろしく頼む」

……？

どうやらファーヴは、ナイジェルとドグラスには来てほしくないみたいです。

理由は説明していますが、腑《ふ》に落ちないものでした。

「ファーヴ、出発は少し待ってもらってもいいかな？」

「いつ頃になる？　遅くとも、夜になる前には出発したいが」

「そんなにかからないと思うよ。昼前にはここを発《た》てると思う」

「それなら問題ない。ありがとう」

とファーヴが頭を下げます。

「となったら……しばらくの間、自由行動ですね」

私がそう告げると、いの一番にファーヴが席から立ちました。

「どこに行く?」

「外の空気を吸ってくる。考えをまとめたい」

ドグラスの警戒のこもった問いに、ファーヴはそう答えます。

「……心配するな。妙な真似《まね》はしない。せっかくエリアーヌの協力を得られたのに、わざわざその
チャンスを手放すほど愚かじゃないよ」

と言い残して、ファーヴは食堂を後にしました。


「ドグラス、話とはなんでしょうか?」

解散してから。

ドグラスに呼び出され、私は王城内を歩きながら、彼の話に耳を傾けていました。

「ファフニールのことだ」

「ファフニール……ファーヴですね」

「そうだ」

ドグラスは彼のことを、頑としてファーヴと呼んだりしません。

ドグラスにとっては、ファーヴはあくまで黄金竜ファフニール——といったところでしょうか。

いつの間にか、私達は中庭に辿り着いていました。

「ヤツは――」

ドグラスが話しだそうとした瞬間。

彼の話を遮るように、そこにいた女の子が「あ！」と声を上げ、嬉《うれ》しそうに駆け寄ってきます。

「エリアーヌのお姉ちゃん！」


「セシリーちゃん」

彼女――セシリーちゃんの可愛《かわい》い声に、意識をそちらに引っ張られてしまいます。

セシリーちゃんはナイジェルの妹でもあり、この国の第一王女。

まだ幼い年頃で、いたいけな笑顔がなんとも愛くるしい。

だけど見た目に反して、意外としっかりした考えを持っていて、そういうところはさすがは王女様と驚くばかりです。

「セシリーちゃん……それにアビーさんとラルフちゃんも、ここにいたんですね。なにをされていたんですか？」

私はセシリーちゃんの少し後方にいる、ラルフとアビーさんにも視線を移します。

アビーさんはこのお城のメイド。リンチギハムに来てすぐから、彼女にはたくさんお世話になっています。

そしてラルフちゃん。ラルフちゃんはお城の可愛いペット――もとい、神獣のフェンリル。鰹節《かつおぶし》が大好きな子なのです。

「ラルフと私達で遊んでいました」

「そうなのー」

アビーさんの言葉に、セシリーちゃんが楽しそうな声で続きます。

「昨晩、大変なことがあったのに、元気ですね。良いことです」

「大変って、ドラゴンが現れたこと？　でも、エリアーヌのお姉ちゃんとにぃには『大丈夫』って言ってたの。だったら、なにも心配いらないの」

「私も二人を信頼していますから。それに……今まで色々なことがありましたからね。ドラゴンが現れても、それくらいではあまり驚かなくなったといいますか……」

セシリーちゃんとアビーさんが交互に言います。

ドラゴン――ファーヴが現れた件については、昨晩のうちに一通りみんなに説明を終えています。

とはいっても、あまり混乱が広がらないように、情報は最小限のものでしたが。

ファーヴの正体についても、まだ話せていません。

だけど、一夜明けた今では城や街は普段通りの生活に戻っています。

今までのことを通して、私達以外も肝が据わってきたと言うべきでしょうか？

それが良いのか悪いのか、判断しかねますが。

「そんなことより――聞いて聞いて、お姉ちゃん！　セシリー、とうとうラルフの声がいつでも聞けるようになったの！」

「とうとうですか！　おめでとうございます！」

フェンリルであるラルフちゃんの声は本来、この城内では聖女である私とドラゴンのドグラスしか聞くことが出来ません。

しかしセシリーちゃんは《白の蛇》事件以降、光の聖女としての力に覚醒しました。

とはいえ、彼女の聖女としての力は不安定。

ゆえに、なかなかラルフちゃんの声が聞けたり聞けなかったりしたそうなんですが……ようやく、特訓の成果が現れたのでしょう。

「では、ラルフちゃんとお喋《しゃべ》りしてみてくれますか？」

「うん！　ラルフ、セシリーとエリアーヌのお姉ちゃん、どっちが好き？」

『甲乙つけ難いな。強いて言うなら、エリアーヌの方が好きだ。セシリーはまだ、ラルフを撫《な》でる時の手つきが痛い。もう少しなんとかしてほしいものだ』

あらあら、そう言われると嬉しいですね。

セシリーちゃんはにぱーっと笑顔になって。

「セシリーの方が好き！　って言ってるの。セシリーがラルフをナデナデしてあげる時が、至福の時間だって」

『違う』

ラルフちゃんが渋い顔をします。

あらら。

どうやら、セシリーちゃんの特訓はまだまだ続きそうです。

「ガハハ。ちなみに我はどうだ？」

『そなたは好きだとか嫌いだとかいう問題ではない。そなたはラルフにとって、宿命のライバルなのだ。黄金の木片という絆《きずな》で繋《つな》がっている——な』

「うむ、よく分かっているではないか。我と汝の関係は、友情という言葉では生ぬるい」

ドグラスとラルフちゃんはお互いに視線を合わせて、ニヤリと笑います。

ドラゴンと神獣。

二人の間でなにか、感じ合うところがあるのでしょうか。

「お姉ちゃんも一緒に遊ぶ？」

「それは良い考えですね。ですが、私はしなければならないことがあるので……」

頷きたい衝動を抑え、私はセシリーちゃんの誘いを断ります。

「しなければならないこと？　もしかして、なにか事件なの？　セシリーの助け、必要？」

セシリーちゃんは目をクリクリさせて、首をかしげました。

私は少し考えます。

彼女の力の本質は、私と同じもの。シルヴィさんを黄金から戻すために、彼女の力が必要になるかもしれません。

しかし私に比べれば、まだまだセシリーちゃんの聖女としての力は弱い。

彼女を巻き込むわけにはいきませんね。

「大丈夫ですよ。私達で解決しますから。でも、そうおっしゃっていただいて、ありがとうございます」

「分かったなの！　でもセシリーの力が必要になったら、いつでも言ってね。セシリー、いつでもお姉ちゃんの味方だから！」

にぱーっと、無垢《むく》な笑顔を向けるセシリーちゃん。

この先、セシリーちゃんの力を借りなくても済むように、私が頑張らねば――あらためて決意しました。

「では、セシリーちゃん達は、引き続き楽しんでくださいね。私も全てが終わったら、合流します」

「うん！」

「お気をつけて」

『エリアーヌも頑張れなのだ』

セシリーちゃん達に別れを告げて、私とドグラスは中庭から離れます。

そして先ほど、途中で中断してしまった話を聞こうとすると――不意にドグラスに、後ろから肩を叩《たた》かれました。

「ドグラス、話とは――むぎゅ」

しかし振り返ると、彼の人差し指が私の頬に当たる。

「……ドグラス。こんな時にも悪戯《いたずら》ですか」

「ガハハ！　先ほどから険しい顔になっていたからな。リラックスさせようとしたのだ。それよりも話の続きだが……」

ドグラスが一転して真剣な顔つきになり、先ほど言いそびれていたことを口にします。

「我はファフニールを信頼していない。だが、そうではなくても——今回は気になることが多すぎる」

「気になること？」

「そもそも、どうしてヤツはあんなド派手な現れ方をしたのだ？」

思案顔になって、ドグラスは続ける。

「わざわざドラゴンの姿になって、結界を壊そうとしなくてもよかったではないか」

「真正面から行っても、街の中に入れてくれると思っていなかったからでは？」

「それも有る。だが、それにしても悪手すぎる。あんなことをしても結界は壊れないし、こちらの警戒心を高めるだけだ。今のところは、汝とナイジェルがお人好《ひとよ》しすぎて問題になっていないがな」

「お人好しは余計です」

「我がエリアーヌの傍《そば》にいる以上、我からなにか聞いているはず——とファフニールは考えるだろう。だが、それにしてもあんな強硬手段に出る必要はなかったのでは？　普通に街の正門前に行って、エリアーヌとナイジェルを呼べばいいではないか。試す価値はある」

確かに、それは私も違和感を抱いていました。

「では、どうしてファーヴは昨日のような強硬手段に出たのでしょうか？」

「分からぬ。だが、我は思うのだ。ヤツは結界の力を、ちゃんと把握していなかった。昨夜のことは結界の強度を確かめたかったから……だと」

それだと筋が通ります。

シルヴィさんを救うために、私の力を確かめる必要はあるんでしょう。

でも、そこまで入念に私の力を確かめようとするのは、どうしてでしょうか？

ファーヴにはまだまだ謎が多い。

「汝らがファフニールに協力すると言った以上、我も反対するつもりはないが——気を付けろ。そう言いたかっただけだ」

「ご忠告、ありがとうございます」

ドグラスの声からはファーヴのことが嫌いだということよりも、私を心配する類《たぐ》いのものが強いように感じました。

「我の話はそれだけだ。我もしばらく一人になりたい。出発する準備が済んだら、呼びにきてくれ」

「ま、待ってください、ドグラス。まだもう少し——」

話がしたい、と続けようとしましたが、ドグラスは意に介さず走り去ってしまいました。

むー。

自分の言いたいことを言ったら、満足するドラゴンですね。

今に始まったことではありませんが。

「ファーヴともう一度お話をしましょうか」

そう思った私は、再び王城の中を歩き出します。

ですが、なかなか見つかりません。外の空気を吸ってくると言っていたので、お城の中ではないとも思うのですが……。

考えながら歩いていると、いつの間にか王城の裏庭まで来てしまいました。

人気《ひとけ》も少なく、用事がなければ立ち入ったりしない場所です。

引き返そうとしましたが——その直前、地面にあぐらをかいて座っている一人の男性が目に入り、私は足を止めます。

「ファーヴ」

私が彼に声をかけると——ファーヴが徐《おもむろ》に顔を上げます。

「エリアーヌか」

「こんなところでなにをされていたんですか？」

「特に理由はない。だが……ここにはキレイな花があると思ってな」

「花？　花なら中庭にも咲いていますが……」

それに日光があまり差し込まないせいで——言葉は悪いですが——ここには雑草のような花が咲いているだけです。

中庭は庭師の方が手入れをしていますし、見栄えは格段にあちらの方がいい。

だけどファーヴは、私の言ったことに首を横に振ります。

「彼女と、よくこういう場所で会っていたんだ。俺達の仲は人に言えるものじゃなかったからな。必然と人目を避ける場所になってしまう」

「彼女――シルヴィさんですね」

「ああ」

彼女の話が聞けそうです。

このままじゃ話しにくいですね。

私はファーヴの隣に腰を下ろします。

「下は地面だぞ？　服が汚れる。いいのか？」

「構いません。こちらの方が話しやすいでしょう？」

王太子妃としては少々はしたないかもしれませんが、私は元々平民出身。

経験は少ないものの、子どもの頃は泥だらけになって遊んだこともあります。

今更、服がちょっと汚れるくらいはなんでもありません。

「それよりも……シルヴィさんのことを、もっと聞かせてくれませんか？」

「何度も言うが、シルヴィは君によく似ていたよ。優しくて――そして強い女性だった」

「強い……ですか。昔、なにかあったんですか？」

「そうだな……昔、俺は自ら命を絶とうとしたんだ」

彼から飛び出した言葉に、私は一瞬唖然《あぜん》としてしまう。

誇り高きドラゴンは、生を全うする生き物です。自死なんていう概念は、存在しないものだと思い込んでいました。

ドグラスが同じことを言うところなんて、想像出来ませんしね。

「どうして自ら命を……？」

「昔の俺は弱かった。ドラゴンにとって、強さとは全てだ。少なくとも――昔の俺は、そう思っていた」

「悲しい生き物ですね」

「俺もそう思う。そして、とうとう死のうとした時――俺はシルヴィに出会った」

ファーヴはこう続けます――。

彼女は言っていた。

『私も聖女として落ちこぼれだから』

……と。

話を聞いていくと、彼女は女神に聖女として選ばれたものの、力を上手く発現することが出来なかったらしい。

ベルカイムに張った結界も、何人かの魔法使いの手を借りて、ようやく成功したのだと。

「続けて、彼女は泣きながら言ったんだ。『あなたが死んだら私が悲しみます。それでも死ぬというのなら、私も死にます』――と。

信じられるか？　初めて会ったドラゴンにそんなことを言うんだぞ？　彼女は本気で言っていた。彼女が泣いているところを見たら、死のうとしている自分が酷《ひど》く軽率に思えてな。死ぬのをやめた」

「そんなことが……」

「そんな彼女の優しさと強さに惹《ひ》かれたのは、俺だけではない。精霊も彼女のことを好いた。昔、瘴気《しょうき》に覆われていた精霊の森を、シルヴィが救ったことがあったらしい。他にも――」

その後もファーヴはシルヴィさんのことを話し続けました。

お互いの誕生日を祝ったこと。ファーヴ自身は自分の誕生日を知らなかったので、シルヴィさんと初めて会った日を誕生日に決めたこと。

そして覚悟を決めてシルヴィさんに告白し、頷いてもらった日のこと。

彼女との思い出は全てかけがえのないものと言っていました。

「……すまない。喋《しゃべ》りすぎたな。君を前にすると、何故だか口が軽くなってしまう」

「いえいえ、お聞かせいただき、ありがとうございます。とても楽しかったです」

と私は柔らかく微笑《ほほえ》む。

「彼女のことが本気で好きだったんですね」

「……ああ。それにここに咲いている花を見ると、昔、彼女からもらったプレゼントのことを思い出す」

「プレゼント?」

私が疑問を発すると、ファーヴは一房の花を摘んでこう答えます。

「彼女は花冠を作って、それを俺に被《かぶ》せてくれたんだ。その時に彼女が言った言葉を、今でも覚えているよ」

——あなたのことは私が守ります。あなたにもし、死ぬような危機が訪れれば、時を遡ってでもあなたを守る。

「時の聖女として、なにか感じるところがあったかもしれない。だが、俺は彼女にこう言ったんだ」

——君が俺を守るんじゃない。俺が君を守るんだ。

「まあ……結果的に、俺はシルヴィを守れなかった。あれだけ大見得を切って言った自分を、恥ずかしく思うよ」

「自分を卑下するのはやめてください。あなたは十分頑張りました」

「ありがとう」

慰めると、俯《うつむ》き気味だったファーヴの顔が、少し上がりました。

「彼女に作ってもらった花冠は全て大切に保管していたが、さすがに目が覚めた時には見つからなう。

かった」

「仮に見つかったとしても、枯れているのが普通ですもんね」

わざわざファーヴがこう言うということは、よほど大切な思い出のプレゼントだったのでしょう。

彼の寂しそうな表情を見ていると、私も辛い気持ちになります。

――そうです。

「少し待っていてくださいね」

私は庭に咲いている花を摘んでいきます。

ファーヴは私がなにをしようとしているのか分からないのか、首をかしげました。

しかしだんだんと完成に近付き、

「それは――」

ファーヴも私がなにを作っているのか、ようやく分かったみたい。

「はい」

私は完成した花冠を、ファーヴに手渡します。

「お近づきの印《しるし》に、私からのプレゼントです。シルヴィさんのものには見劣りするかもしれませんが、少しは昔を思い出すでしょう？」

「あ、ありがとう」

とファーヴは照れたような表情で、口を動かします。

「せっかくだから、被ってみてもいいか?」

「どうぞ」

私がそう促すと、ファーヴは恐る恐るといった手つきで、花冠を頭に被せます。

その瞬間でした。

「え……?」


花冠が緑色の輝きを放ったのです。


その光は拡散していき、薄暗いこの場所を明るく照らします。

そして続いて、私の中に声が響きました。


『――竜島に行ってはなりません。このままでは――』


女神の声……?

いえ、彼女のものとは違います。

ならば、この声は……。

「……?　どうした、エリアーヌ。似合っていないか?」

戸惑っている私の一方で、ファーヴはきょとんとした表情をします。

「いえ、声が……それにこの光は？」

「声？　光？　なんのことだ？」

ファーヴはますます訳が分からないのか、顔に疑問の色が表れます。とぼけているようにも見えません。どうやら、本当に理解していないよう。

「私にしか聞こえていない……？　それに光も？」

既に花冠から発せられていた緑色の光は消《き》え失《う》せ、なんの変哲もないものになっています。

謎の声ももう聞こえません。

先ほどのものは一体……？

「なにか気になることでもあったのか？」

「い、いえいえ。大丈夫です」

気にはなりますが、考えても分かりそうにありません。

私とファーヴの体にも変化がないですし、気にしすぎるのもよくないでしょうか。

「そ、そんなことより、ナイジェルもそろそろ戻ってくるはずです。竜島に向かいましょう」

「分かった」

そう言ってファーヴは歩き出し、私もその後に続きました。

私とファーヴはナイジェル、そしてドグラスと合流。

ドグラスとファーヴはドラゴンの形態に変化。そして私とナイジェルはドグラスの背に乗り、共に竜島を目指して、王都を出発しました。

そこから少し下を見ると、街や村々が豆粒のよう。

やっぱり……高い！

「エリアーヌ？　大丈夫かい？」

「だ、大丈夫です。ですが、もう少しこのままで……」

ナイジェルの腕にしがみつきます。

少し恐怖にも慣れてきましたが、怖いことは怖い。

落下しても、結界魔法を使えば、死ぬことはないと分かっていますが……こういうのは理屈ではありません。

情けないとは思いつつも、こうしてナイジェルの温かみを感じられるのは、幸せだと思ってみたり。

『もう少しで竜島に着く。あと少しの辛抱だ』

私達の前を、ファーヴが先導して飛んでいます。

昔のことなので、ドグラスは竜島の場所を忘れてしまったと言っていました。

それが理由なのもあると思いますが——もしかしたらドグラスにとって、竜島とは嫌な場所だったのかもしれません。

だから思い出さないようにした、そのように感じました。

「竜島……」

ドラゴン達だけの楽園。

二百年前、ファーヴが起こした災厄をきっかけに、今は誰も寄りつかない無人島になっているそう。

私は一度頷いて、前を見つめました。

だけど、だからといってなにもしないのは性に合いません。

気になることは多い。

どんなところなのでしょうか？


ほどなくして、竜島に到着。

私とナイジェルが地面に足を着けると、ドグラスとファーヴも人間の姿に変わりました。

「シルヴィは島の奥にいる。案内する。来てくれ」

ファーヴの一声を合図に、私達は歩き出しました。

竜島は島全体が山のような形になっています。

そのせいで、なだらかな斜面を歩き続けることになって、体力がジワジワと削られていきます。

「それにしても……ここは暑いですね」

私は右手でパタパタと顔に風を送りながら、そう言葉を発します。

今の季節は、秋と冬の中間くらい。

肌寒さを感じてもおかしくありませんが、不思議とこの島には暖かな空気が流れています。

「竜島は年中夏のような気候だからな」

疑問に思っている私に、ファーヴが説明をしてくれます。

「そのおかげで植物もよく育つ。こういう気候だからこそ、一部のドラゴン達はここを棲家《すみか》としていたのだ」

「ドラゴンという生き物は、どちらかというと寒さに弱いからな。冬の間はほとんど動かないドラゴンも多い」

とドグラスもファーヴの説明を補足してくれます。

「自然が多いのは良いことだね」

ナイジェルも周囲の草木を眺めながら、そう口にする。

「ええ、その通りです」

「だが、エリアーヌにとっては、少々厳しい場所だったか？　失礼な話になるかもしれないが、君はか弱そうだし……」

「あら、そんなことはないですよ」

気遣ってくれるファーヴに、私はこう言葉を返します。

「夏の太陽や生い茂る草木と花々を見ていると、自然と心が癒《いや》されます。高いところではお見苦しいところを見せましたが、そもそも私は箱入り娘というわけではなく——」

そこまで語った瞬間――首元にひんやりと冷たい感触が当たりました。

「ひゃっ！」

変な声を出してしまい、つい飛び退《の》いてしまいます。

「ど、どうしたんだい⁉」

そんな私をナイジェルが優しく受け止めてくれました。

「もしや緊急事態でも……」

「い、いいえ、首のところに冷たいものが」

「首？　ああ――」

そう言って、ナイジェルが私の首元に手を持っていきます。

そしてなにかを摘《つ》まみ上《あ》げたかと思うと、先ほどまで感じていた冷たさがなくなりました。

「虫みたいだね。ほら」

うねうねと動く虫。

ナイジェルはそれを、優しく自然へと返します。

「ビ、ビックリしました」

「無理もないね」

虫が苦手というわけでもないですが……ここに来てから、緊張しっぱなしなので、いつもよりオーバーなリアクションを取ってしまいました。

「ガハハ。得意げに語っていたのが嘘《うそ》のようだな」

「お恥ずかしい限りです……」

楽しげに笑うドグラスを見て、私はしょんぼりと肩を落とします。

「でも、もう平気ですから。心配かけて、すみませんでした」

「謝る必要はないよ」

ナイジェルは優しく微笑みを浮かべ、地面に視線を移します。

「それにしても……ここには虫以外にも、地面に小さな石がたくさん転がっているね。エリアーヌがこれで転んで大怪我《おおけが》をしたら、大変だ」

「か、過保護すぎますよ」

「過保護なんかじゃない」

と真面目な顔をして言うナイジェルは、私の肩に腕を回したまま。

「僕から離れないで。エリアーヌを転ばせやしないし、虫一匹たりとも近付かせないから」

「歩きにくいんですが!?」

私は抗議の声を上げますが、ナイジェルは一歩も引く気配がありません。

仕方がないと思い、私はナイジェルに身を寄り添えたままで、歩き始めます。

「この二人はいつもこうなのか?」

「そうだな。なにかにつけて、すぐにいちゃいちゃしよる。好きにさせておけ」

そんな私達を眺めて、ファーヴは怪訝顔《けげんがお》で、ドグラスはぶっきらぼうに言い放ちます。

ちょっと緊張感がないようにも思えますが、気を張り詰めすぎると、思わぬところで足をすくわれないとも限りません。

だからこれでいいはず……。

いいんです！

自分にそう言い聞かせ、さらに島の奥に進んでいくと、やがて私達は開けた場所に出ました。

「ここだ」

そう言って、ファーヴが立ち止まります。

私は吸い寄せられるように、彼と同じところに注目します。

――細い木や枝が螺旋《らせんじょう》状に絡まり、一本の大木を形成している。

その奥には光り輝く彫像のようなものが鎮座していました。

よく見ると、彫像は女性を形取っています。

「シルヴィだ」

とファーヴは再び歩を進め、木々や枝が絡まった彫像――黄金のシルヴィさんの前で足を止めます。

「なるほど、こうなっていたから島から持ち出せなかったってこと？」

ナイジェルがそう問いかけます。

「それだけが理由じゃないんだがな。この程度なら――」

ファーヴが木に手を添え、魔力を放出。

黄金のシルヴィさんの周りにある木々がほどけていきました。

「魔法があまり得意ではない俺でも、これくらいの真似は可能だ」

「確か、ファーヴは黄金のシルヴィさんは島の大地に根を張っているように、動かせないと言っていましたね」

それにしては、そうは思えないのですが……パッと見ただけでは、分からないところがあるんでしょうか？

私はあらためて黄金のシルヴィさんを観察します。

美しい女性だということがはっきりと分かります。

彼女も私と同じく、ベルカイム王国に結界を張って、魔族の侵攻を防いでいたのですね。

ベルカイムの地下で見た始まりの聖女と同じく――私は感慨深い気持ちになりました。

ですが。

「…………」

「エリアーヌ、どうした？」

心配そうな顔で、ファーヴが私の顔を覗《のぞ》き込《こ》みます。

「――いえ、なんでもありません。私の気のせいかもしれませんから」

「気のせい？」

「話は後です。もしかしたら、これは呪いかもしれません。まずは解呪出来ないか、確かめてみますね」

私は嫌な予感を抑えつつ、黄金のシルヴィさんに手を伸ばします。


やはり、これは――。


始まりの聖女の時とははっきりと違います。

彼女は石像となりながらも、その内に秘める神聖な魔力は隠しきれていませんでした。

当然、シルヴィさんも同様だと思っていましたが……この黄金からはそんな魔力は感じられません。

どうしよう――。

ですが、告げないわけにはいきません。

それはファーヴを余計に傷つけてしまうことになると思ったから。

「……一つ、分かったことがあります」

私は黄金のシルヴィさんから手を離し、ファーヴにこう告げます。

「――これはシルヴィさんではありません。女性の形をした、ただの黄金です」

一瞬、周りの時が止まったように感じました。

しかしやがてファーヴが慌てて私の両肩を摑み、そのまま揺さぶります。

「な、なにを言っているんだ！」

「……残念ながら事実です。これはあなたの愛するシルヴィさんではありません」

「な、なにかの間違いじゃないのか⁉　だったら、シルヴィは一体どこに……」

「ファフニール！」

そんな怒りに満ちた叫び声が聞こえたかと思うと、ドグラスが私からファーヴを強引に離しました。

ドグラスの表情は見たことがないくらい、怒りに染まっています。

「やはり、汝は我らを騙《だま》していたのか⁉　ただの黄金の塊を、かつての恋人と嘯《うそぶ》くとは！」

「ち、違うんだ。俺はこれが本物のシルヴィだと、信じていた」

「ならば、エリアーヌが嘘を吐《つ》いているのだと言うのか！」

「それは――」

ドグラスの声がますます怒りを帯び、今にもファーヴに殴りかかりそうです。

いけない――そう思った私は、咄嗟《とっさ》にドグラスを止めようとしますが、

「よくやった、裏切りの竜ファフニールよ。儂の目的——〝真の聖女〟をこれでようやく手に入れられる」

威圧感に満ちた重低音の声が、島内に響き渡りました。

第三話

その瞬間。

周りがまるで夜になったかのように、暗闇に包まれます。

空を見上げると――そこには一体の黒く、大きなドラゴンが突如として現れました。

魔法で姿を隠していた……？

それとも、別の場所から召喚されたのでしょうか。

こんなに大きなドラゴンなのに、姿を現すまで誰も気が付きませんでした。

「どういうことだ！」

ファーヴは一歩踏み出し、鬼気迫る表情で突如現れたドラゴンに叫びます。

「シルヴィは黄金のまま、生きているのではなかったのか！　そしてお前はシルヴィを元に戻せるのは、聖女だけだと言っていた。だから俺は――」

「信じておったのか？」

バカにするような口調で、漆黒のドラゴンが言い放ちます。

「そもそも儂《わし》が本当のことを言うはずもない。時の聖女は既に死んでいる。貴様に言ったことは、ここに聖女を連れてこさせるための嘘《うそ》だ。実に愚かだ」

「そ、そんな……」

ファーヴが愕然《がくぜん》とし、地面に膝を突きます。

「絶望する者の顔は、どうしてここまで愉悦を感じるのだろうか。何度見ても飽きぬ。どれだけ時が流れようが、それは変わらぬ真理であるな」

そんなファーヴを見て、漆黒のドラゴンは嘲《あざけ》ります。

「ファフニール、説明しろ。上空のドラゴンは一体なんなのだ？」

ドグラスがファーヴの首根っこを摑《つか》み、彼を無理やり立たせます。

ファーヴは力のない声で、こう答える。

「あれは長命竜《ちょうめいりゅう》アルターだ」

「なに？　汝《なんじ》は言ったではないか。時の牢獄《ろうごく》から解放された時、既にアルターはいなかった——と」

「すまない。俺は君達に嘘を吐《つ》いていた」

「やはり汝は——！」

そう告げるファーヴに、ドグラスが怒りを滾《たぎ》らせます。

右拳を振り上げ、ファーヴに殴り——、

「待ってくれ、ドグラス。今はそんなことをしている場合じゃない」

——かかろうとした瞬間、ナイジェルに右腕を摑まれます。

「じゃあ、こういうことかな。黄金になったシルヴィを救うために、君は嘘を吐いた。本当は全て長命竜アルターに命令されていた……と」

「そうだ」

ファーヴが短く答えます。

「いわば、シルヴィさんは人質だったというわけですか」

もっとも、本物のシルヴィさんはここにはいないのですが。

アルターはシルヴィさんを餌にして、ファーヴを裏から操った。

目的は私を竜島《りゅうじま》に連れてくること。

しかし――ファーヴ自身は騙《だま》されており、シルヴィさんは既に死んで、ここに残されているのはただの黄金だった――ということ。

「君達には謝罪しなければならない。しかし……一点、信じてくれ。シルヴィさえ元に戻れば、俺の命にかけても君達を守るつもりだった。なんとしてでも、竜島から脱出させるつもりでいたんだ」

「そうだとしても、汝が長命竜に利用されていたのに違いはない」

「――っ！」

ドグラスの追及に、ファーヴは言葉を詰まらせます。

気にかかるけれど、これ以上ここで彼を問い詰めても仕方がありません。

今は目の前の脅威に向き合うべきです。

私はファーヴから視線を移し、アルターを見上げます。

「あなたはなんのつもりですか？　なにを考えファーヴを利用し、私達をここまで連れてきたのですか？」

「言っただろう。聖女――貴様が目的だ」

嘲笑し、アルターはこう続けます。

「儂を頂点とした、ドラゴンだけの世界を築く――それが儂の目的だ。そのために貴様、〝真の聖女〟が必要だった」

「私の力を？　私がそう簡単にあなたに従うとでも？」

「無理やりにでも従わせるのみだ。そのための力を儂は有している」

次に、アルターは邪悪に笑う。

「せっかく、〝真の聖女〟が来てくれたのだ。丁重に出迎えなければ、失礼にあたるだろう」

見下すようにアルターがそう言い放った瞬間――彼の周りにいくつかの黒い炎が出現します。

その炎はやがてドラゴンとなり、私達を囲みました。

「ファフニール以外に一人、そちらにもドラゴンがいるようだな。しかし混ざっておる。たかが半人では、儂の脅威にはなりえない」

「なんだと？」

ドグラスが眉間に皺《しわ》を寄せ、アルターに殺気をぶつけます。

「半人《はんじん》……だと？　どういう意味だ」

「そのままの意味だ。答えてやる義理もない」

アルターはドグラスの怒りを飄々《ひょうひょう》と受け流し、

「聖女を捕らえよ。他の者はどうなってもいい。殺せ」

と宣言しました。

しかしファーヴが一歩前に出て、こう叫びます。

「やめろ！　お前の目的は聖女だけのはず！　他の者に手を出すな！」

「儂がどうして、貴様に従わなければならぬ？　貴様がどうして一人でリンチギハムに向かったかは分かっている。大方、被害を広げたくなかったのであろう？」

「……っ！」

「愚かすぎて、見るに堪えん。聖女を犠牲にして、その上騙されて。全てが中途半端。だから時の聖女は死んだのでは？」

「俺のことはいい！　だが、彼女のことをこれ以上愚弄するな！」

心が張り裂けそうな表情で、ファーヴがアルターに食ってかかります。

「貴様とこれ以上話すのは無駄だ。さて、一つ――余興をしよう」

アルターが余裕たっぷりにこう続けます。

それはさながら、歴史の重みを知る賢者が、童を諭すかのような口調でした。

「これほどの心震える戦いを前にして、ドラゴンとしての血が騒ぐのは久しいことだ。ここでなぶり殺しにするのは、あまりに惜しい。そこで――まずはそいつらを退けろ。儂は島の頂上にて待つ。貴様が〝真の聖女〟なら、それくらいの真似《まね》は容易《たやす》いだろう？」

それだけを言い残し、アルターは島の頂上を目指して、飛び去っていきました。

「ヤツめ、戦いを楽しんでおる。それよりも――どうする？　長命竜の言葉に従い、頂上に向かうか？　それとも島から脱出するか？」

舌打ちして、私達に視線をやるドグラス。

「どちらにしても、まずはアルターのしもべであるドラゴンを、退ける必要がありそうだね」

ナイジェルが空に浮かぶドラゴン達を見上げます。

数としてはおよそ十体。

私達に対する敵意は感じますが、瞳には意志の強さが宿っていません。

まるで人形のようです。

「この者達——既に死んでいますね」

「エリアーヌ、その通りだ。言うなれば、アンデッドドラゴンといったところだろうか。アルターに操られているだけ——と考えて、手加減するのはなしだぞ？」

「分かっています」

ドグラスの言葉に頷《うなず》きます。

アンデッド系の魔物やドラゴンは、普通に倒そうとしても骨が折れる。

彼らは痛みを感じないですしね。

通常なら死んでいるような傷を負っても、彼らは動きを止めたりしない。

手加減している暇なんてありません。

ジリジリとアンデッドドラゴン達は、私達と距離を詰めます。

「来るよ！」

ナイジェルが一声発したかと思うと——その中の一体のアンデッドドラゴンが飛び出し、私の眼前に迫ります。

すぐさま結界を張り、攻撃に備えますが、

「その必要はない」

ファーヴが両手に双剣を顕現させ、私とアンデッドドラゴンの間に割って入ります。

カウンター気味にファーヴの剣が放たれます。

これだけの体格差があるというのに――たった一閃《いっせん》でアンデッドドラゴンは悲鳴を上げ、地に堕《お》ちました。

「これが贖罪《しょくざい》になるとは思っていない。しかし――シルヴィが死に、希望が断たれた俺にとって、最早《もはや》アルターは従うべき対象ではない。俺は君達の味方だ」

「ファーヴ……！」

ファーヴの頼もしい言葉に、私は感嘆の声を漏らしてしまいます。

彼の殺気に押されて、まだ上空に残っているアンデッドドラゴン達が怯《ひる》んでいるように見えました。

ジリジリと距離を詰めるだけで、襲いかかってこようとしません。

「その言葉を信頼しろと？　我らを裏切った汝を？」

「…………」

ドグラスの言葉に、ファーヴは黙ったまま。

「ファーヴ――諦めるのはまだ早いです。長命竜アルターが本当のことを言っているとは限らないでしょう？　シルヴィさんはまだ別のところで、生きているかもしれません」

そう言って、私は島の頂上に視線を移します。

「――私はアルターに話を聞きにいきます」

アルターが正直に話してくれるとは限りません。

だけど、それでも――私は真実を確かめたい。

「エリアーヌ、まだファフニールのことを助けてやるつもりか？」

ドグラスはファーヴを一瞥《いちべつ》する。

「はい。それに――なんにせよ、アルターはドラゴンだけの世界を築くと言っていました。放っておくわけにはいかないでしょう？」

「それもそうだな」

とドグラスは不敵に笑います。

「ここは我に任せて、先に行け。こいつらを叩《たた》きのめしたら、すぐに向かう」

「ありがとうございます」

とはいえ、相手はアンデッドドラゴン。

いくらドグラスでも、ここを切り抜けるためには時間を要しそうです。

「俺もここに残る。ドグラスと共に、こいつらを始末する」

「僕はエリアーヌと共に行くよ。君を一人にしてはいられないからね」

ファーヴとナイジェルもそう口にします。

ドグラスはファーヴの言葉が気に入らない様子。しかし咎《とが》めている場合でもないと考えたのか、アンデッドドラゴンに意識を再度向けます。

「ナイジェル、行きましょう」

「ああ」

私はナイジェルと共に駆け出す。

アンデッドドラゴン達が行く手を阻んできましたが、ドグラスとファーヴ達の応戦もあり、なんとかこの場から抜け出すことが出来ました。

◆

エリアーヌが去ったあと。

ドグラス達は苦戦を強いられていた。

「くっ……！」

アンデッドドラゴンの攻撃を、ドグラスが防ぐ。

返す形で、拳の一撃をアンデッドドラゴンに繰り出した。

若干ダメージは与えられたものの、倒れる気配がない。

「頑丈だな。ますます厄介だ」

内心、ドグラスは舌打ちをする。

戦っている最中、ドグラスの頭をよぎるのは、アルターが言った『半人』という言葉だ。

心当たりがない。

だが、アルターの言った言葉は呪いとなり、余計なことを考えてしまう。

「せめて聖水があれば……」

アンデッド系の魔物やドラゴンには、聖魔法が有効だ。

それが付与されている奇跡の水は、アンデッドドラゴン達にも有効だが……ないものねだりをしても時間の無駄である。

こんなものが出てくるのを知らなかったから仕方がないものの、ドグラスは準備不足を悔いた。

「おい、ファフニール」

アンデッドドラゴンから視線を切らず、ドグラスはファーヴ――ファフニールに声をかける。

先ほどから、ファフニールはアンデッドドラゴンを前に、大立ち回りを演じている。

そこに一切の邪念はない。

(どうやら、我らの味方になるという言葉は本当だったようだ)

だからといって、完全に信頼したわけではないが。

「なんだ？」

ファフニールから言葉が返ってくる。

「汝、なにを考えている？」

「まだ俺のことを信用ならんとでも言うつもりか？」

「そうではない。何度も同じ言葉を繰り返すほど、我は暇ではない。我が聞きたいのは違うことだ。汝、戦いに集中しきれていないな?」

無論、悔しいが——ファフニールの強さは本物で、これだけのアンデッドドラゴンを前にしても、押されていない。

だが、何度もファフニールと戦ってきたドグラスだからこそ分かるのだ。

今のファフニールからは、もうどうなってもいい——そのような破滅願望を感じた。

それがファフニールが戦いに集中しきれていない理由でもあるのだろう。

「一応言っておくが、変な気は起こすなよ? 汝には贖罪が待っておる」

「……分かっている」

言葉を噛《か》みしめるように、ファフニールが頷いた。

再び双剣を振るい、アンデッドドラゴンに向かっていく。

(我も他人のことを気にしている余裕はない。今はこやつらを片付け、早くエリアーヌ達のもとへ駆けつけなければ)

◆

「エリアーヌ! 大丈夫かい?」

「はい!」

ナイジェルに手を引っ張られながら、私はそう答えます。

島の頂上までの道は険しく、倒れてしまいそうになります。

だけど、ここで立ち止まるわけにはいきません。

息切れしながらなんとか頂上に辿《たど》り着くと、そこでは漆黒のドラゴン――アルターが待ち構えていました。


「来たか――〝真の聖女〟よ。待ちくたびれたぞ」


荘厳さすらも感じさせる空気の中、アルターはそう声を発します。

「エリアーヌを手に入れ、世界を支配する――って君は言ってたけど、本気かな？」

全長が視界におさまらないほどの巨体を前に、ナイジェルは一切臆さず、そう問いを投げかけました。

「いかにも。そのために儂はこの二百年間、耐えて時の流れに身を任せていた」

「そんなことが本気で出来ると思っているのかな？　あの魔王ですら、出来なかったことだよ」

「魔王……か。ヤツの力は強大だった。しかし魔王は誤った。〝真の聖女〟と敵対したのだからな。敵対するくらいなら、〝真の聖女〟の力を利用すればよかろうに」

そう言って、アルターは両翼を広げます。

「つまらぬ話をするより――さあ、戦おう。戦いの中でしか、お互いの主張をぶつけることは出来ぬ」

アルターが宣言し、戦いが幕を開けました。

「エリアーヌ！　加護を！」

「もちろんです！」

私はナイジェルに女神の加護を授けます。

ナイジェルは私を抱え、その場から退避。少し離れたところで私を下ろし、剣を抜いてアルターに立ち向かっていきました。

その光景はさながら、御伽噺《おとぎばなし》の中にある邪悪なものと戦う勇者そのもの。

「シルヴィさんは本当に死んだのか？」

剣を振るいながら、ナイジェルはアルターに問いかけます。

「まだそのようなことを言っておるのか。嘘ではない。ヤツなら儂が直々に殺してやった。ヤツの悲鳴は、実に愉快だった」

とアルターが嘲笑混じりに言い放ちます。

戦いの最中も、その声は余裕に満ちていました。

——やっぱり、アルターは嘘を吐いている。

根拠は薄い。

だけどアルターの言葉の端々からは、なにかを隠しているような狡猾《こうかつ》さを感じます。

なんとしてでも、アルターから情報を聞き出さなければ——そう思い、戦いに集中します。

「うむ……儂の言葉に疑念を抱くか？　ならば、真実を語ろう。全ての幕が下りた後に——！」

背筋が凍るような嫌な予感。

アルターが大口を開けます。


——いけませんっ！


すかさず強力な結界を、ナイジェルの前に張ります。

アルターの喉から、ブレスが発射されます。

それは太陽の光を凝縮したような眩《まぶ》しさを放つ、黄金のブレスです。

黄金のブレスは結界に当たり——そして消滅。相殺される形となり、結界も壊れましたが、ナイジェルは無事です。

しかし。

「ああ……周囲が黄金に！」

ブレスに触れた地面。そして木々。

それらが黄金に変わり果てていました。

「一度きりとはいえ、我が黄金の一撃を防ぐか。やはり、貴様が〝真の聖女〟だという儂の見立ては正しいようだ」

攻撃が防がれたというのに、アルターは少しも焦らず、それどころか愉悦さすら感じさせる言葉を吐きます。

これがファーヴの言っていた、周りを黄金に変えてしまうアルターのブレスですか。

とてつもない威力です。

即席とはいえ、私の結界を軽々と破る黄金のブレスに、啞然《あぜん》としました。

「すごいね。でも……当たらなければ、どうってことはないよ！」

ナイジェルの持つ剣が、光り輝きます。

「はあああああ！」

跳躍。

アルターの頭上まで舞い上がり、そのまま光る剣を振り下ろします。

目にもとまらぬ早業にアルターは反応出来ず、一閃をそのまま受け止めます。

両断され、断面の部分から光が発せられ、周囲を白く染め上げました。

「やりましたか⁉」

光が次第に減衰し、その中から——。

「つまらぬ。女神の加護といえども、この程度か」

無傷のアルターの姿が現れました。

「どうして⁉」

思わず、驚きの声が飛び出してしまいます。

間違いなく、ナイジェルはアルターを両断しました。これで勝負がつく――かどうかはともかく、無傷など有り得ません。

「なら、何度でも斬り伏せるのみだ！」

しかしナイジェルに焦りはありません。

再度、アルターと戦いを始めます。

ですが、何度も何度も――それこそ、十回以上は即死の攻撃を放ったでしょうか。

それでも、アルターの勢いは止まらず、皮膚には傷痕一つ刻まれていなかったのです。

いえ――傷を負っていないのではなく、正しくは。

「体が再生している……？」

ドラゴンという種族は自己治癒力に長《た》けています。

当然、アルターもその性質を継いでいるものとは思いますが――それにしても異常。

いくら自己治癒力に長けていようが、治癒魔法を使おうが、死んでしまっては意味がないのです。

不死身――。

その言葉が脳内に浮かびます。

「儂がこの二百年間、時の流れに身を任せるだけで、なにもせずにいたと思っていたか？」

混乱している私に、アルターはこう告げます。

「儂は世界を支配するため、この体に不死身の力を宿した。儂は不滅。何人たりとも、儂を倒せぬ」

「不死身⁉　そんなこと、有り得ません！」

寿命の差はありますが、命あるものは必ず終わりが訪れます。

アルターの言ったことは、その大前提を崩すことだったので、私は声を荒らげてしまいました。

「さすがは〝真の聖女〟。本来なら儂は十回以上、殺されていただろう。しかし不死身である儂は何度でも蘇《よみがえ》る。そのためにこの二百年間――儂は同族の血を食らい、力を蓄えてきたのだからな」

同族の血――。

自らが力を得るためなら、仲間を利用することも躊躇《ためら》わないアルターの執念。

しもべとして行使していたアンデッドドラゴンも、元は彼を慕うドラゴンだったのでしょうか？

そう考えると、私は胸が痛みました。

「そろそろ余興にも幕を下ろそう。おかげで、〝真の聖女〟の力もこの目で確認することが出来た。聖女の付属品には興味がない」

そう告げて、アルターは素早く体をひねり、巨尾《きょび》を水平に振りながら襲ってきます。

ナイジェルはその打撃を剣で防ぎますが、次の刹那、アルターは黄金の息を放つ姿勢を取りました。

結界魔法――間に合わない⁉

私は諦めず、今までにやったことがないくらいの速度で結界魔法を展開しますが――。

「なんとか間に合ったようだな」

ナイジェルを抱え、その場から退避する男が現れます。

そして現れたのは一人だけではありません。

もう一人の人物は双剣を振るい、アルターの追撃を防ぎました。


「ドグラス！　ファーヴ！」


突如現れた救世主の名を叫びます。

「すまん。少し手間取った。来るのが遅れてしまった」

ドグラスがアルターを見据えたまま、そう口にします。

「ご無事でなによりです」

「無論だ。我があんな死者にやられるわけがない」

「話は後だよ。まずは目の前のアルターを倒さないと。ドグラス、気をつけて。ヤツは不死身の力を有している」

「うむ、不死身か……」

ナイジェルの言葉に、ドグラスは獣のような好戦的な笑みを浮かべます。

「さすがの我とて、不死身のドラゴンと戦うのは初めてだ。その力、確かめよう」

そう言って、ドグラスはアルターに立ち向かっていきました。


――しかし戦況は変わりません。


ドグラスとファーヴの加勢があっても、不死身のドラゴン――アルターを前に、私達は防戦一方に追いやられていました。

「エリアーヌ！　諦めておらぬなっ？」

ドグラスが戦いながら、声を大にします。

「諦める？　私の性格をご存知ですか？　私、諦めが悪いんです」

「ガハハ！　それでこそエリアーヌだ！」

劣勢を感じさせないほど、ドグラスは豪快に笑います。

「だけど……これだけ戦ってみて、一つだけ分かったことがある。どうやら、傷が深くなればなるほど、癒えるのに時間がかかるみたいだ」

ナイジェルが冷静にそう口にします。

なにも戦いの間、勝利のためのヒントを全く見つけられなかったわけではありません。

彼の言う通り、アルターの傷は癒えるのに、若干の時間差が存在しています。

ここにアルターを倒す手がかりが……？

「ファーヴはどう思う？」

「………………」

ナイジェルが問いかけますが、ファーヴから答えは返ってきません。

戦いの最中、ファーヴはずっと思い詰めた表情のまま、一言も語ろうとしませんでした。

「どうした？　腰が引けたか。この軟弱者め」

そんな彼に違和感を抱いたのはドグラスも一緒だったのか、そう挑発します。

「………………」

「なんとか言ったらどうなのだ！」

「……そうだな。お前の言うことを否定はしない」

やがてファーヴは覚悟を決めたように一度頷き、ドグラスの顔を真《ま》っ直《す》ぐ見つめます。

「だが──軟弱者にも矜持《きょうじ》がある。迷惑をかけたな。あとは任せてくれ」

ドグラスの肩をポンと叩き、ファーヴは背を向けます。

「おい……汝は一体なにを──」

駆け出そうとするファーヴに、ドグラスが手を伸ばします。

しかし振り返らず、ファーヴは悲壮な空気を纏《まと》って、アルターに向かって行きました。

◆

『時の聖女は既に死んでいる』

アルターがそう言い放った時、俺の心は絶望で満たされた。

——薄々は勘づいていた。

アルターがシルヴィを生かしておく理由が思い当たらない。

シルヴィは既に死んでおり、それを人質にアルターは俺を利用しようとしているだけではないか……と。

しかし信じたくなかった。

どんな犠牲を払ってでも、シルヴィを救いたかったからだ。

美味《おい》しい料理を、俺のために作ってくれたシルヴィ。

本を読みながら、人間社会について教えてくれたシルヴィ。

花冠を被《かぶ》せてくれて、柔らかな笑みを浮かべるシルヴィ。

戦いしか知らぬ俺に、彼女は愛を教えてくれた。

力は誰かのために振るうものだと知った。

しかし、それを教えてくれた彼女はもう——帰ってこない。

そのことをようやく悟った俺は、単身でアルターに接近していく。

ある想《おも》いを抱いて。

「なにをされるつもりですか！」

エリアーヌの声が聞こえる。

しかし振り返らない。

シルヴィとよく似ている彼女の顔を見ていると、決意が揺らいでしまうからだ。

「はあああああっ！」

俺はアルターの硬い体に剣を突き刺す。

アルターは悲鳴すらも上げない。

俺の攻撃など、それこそ虫に刺されたようなものだからだろう。

「なにを考えておる？」

アルターが問いかける。

「お前は強い。今の俺達《たち》では倒せない。だから——俺は未来に賭けることにしたよ」

そう告げて、魔力を溜める。

行き場を失った魔力は、体内で循環する。

体が悲鳴を上げ、脳内で警告音が鳴り響く。

「ほお……？」

アルターは俺がやろうとしていることに気付いたのか、声を漏らす。

「貴様、自分がなにをやろうとしているのか分かっておるのか？　このままでは魔力が、貴様の体内で爆発する。そうなった場合――」

「知っている」

万策は尽きた。

このままではエリアーヌ以外、全員死んでしまうだろう。

「まさか……っ！　やめろ、ファフニール！」

次に俺のやろうとしていることに気付いたのは、ドグラスだった。

俺はドグラスに念話を飛ばす。

『アルターは不死身だ。このままでは倒せない』

アルターが大空を飛び、抗《あらが》おうとする。

強い風に叩きつけられ、俺は今にも意識が飛んでしまいそうになった。

必死に意識を繋《つな》ぎ止《と》める。

『だから……俺は俺自身の魔力を、体内で爆発させる』

『そんなことをすれば――』

視界の片隅で、ドグラスが絶叫するのが見えた。

『汝は死ぬぞ⁉』

そんなことは分かっている。

その現象の名は『魔核爆裂《まかくばくれつ》』。

体内に押《お》し留《とど》められた魔力は、行き場を失って大爆発を起こす。

それによって、アルターを殺す。

『エリアーヌとナイジェルにも伝えてくれ。俺は君達の未来に賭ける。みんなを——世界を救ってくれ』

『変な気を起こすなと言っただろう！　そんなことをしても、不死身のアルターは倒せぬ！　なんの解決にもならんのだ！』

『だが、少しは時間が稼げるだろう？　君達はその隙に逃げて、態勢を整えてくれ』

それに——俺は最早、生への執着を失っていた。

彼女がいない世界は、俺にとって静かすぎる。

彼女と同じ場所へ行きたい。

そう思ったら、心が軽くなった。

「そんなことをしても、僅かな時間しか稼げぬ。儂を倒せる未来など、金輪際来やしない」

「来るさ。エリアーヌ達は諦めない。たとえ、お前に何度でも挑むことになっても——な」

目の前が真っ白になる。

限界のようだ。

行き場を失った体内の魔力が、外に漏れる。

魔力の光は空を染め上げげた。

——シルヴィ、もうすぐ君のもとへ行くよ。

最期に俺が思ったのは、そんなことだった。

◆

大爆発。

その衝撃が地上まで届き、地面を震わせます。

結界のおかげで大爆発の余波には巻き込まれませんでしたが、代わりに——。

「ドグラス！　あなたが言っていることは本当ですか⁉　ファーヴが自らの命を犠牲にして、魔核爆裂を起こしたと——」

「その通りだ。そして……どうやら、策は成功したらしい」

ドグラスが空を見上げる。

ファーヴが命を懸けた大爆発。

その衝撃はすさまじいものがありました。

アルターは塵《ちり》も残さず、消滅しました。

この衝撃に耐えられるものは、世界広しといえども存在しないはず。

もしかしたら、これでアルターを完全に倒せたかもしれない——そんな希望を抱きます。


しかし災厄は消えなかったのです。


「ああ……蘇っていく……」

私達を嘲笑《あざわら》うかのように。

空に光が集まり巨大なドラゴンの形を作っていく。

この衝撃を受けてなお、アルターはまた蘇ろうとしているのです。

「エリアーヌ、逃げよう」

ナイジェルが私の手を取ります。

「で、でも……」

「ファーヴがせっかく作ってくれたチャンスを、ふいにするつもりかい？　彼は僕達の未来に賭けてくれたんだ」

そう言うナイジェルも胸中では、悔しさが込み上げているのでしょう。

とても辛《つら》そうな顔をしています。

ファーヴの命を懸けた攻撃でも、アルターを完全に倒すまでには至りませんでした。

ですが、彼の目論見《もくろみ》通り、アルターの再生速度が鈍い。

すぐに竜島から離れれば、一旦態勢を整えることが出来るでしょう。

「……分かりました。ドグラスも」

今、この場に留まっても、私達は全員アルターに殺されてしまうだけ。

そうなったら、ファーヴの死が無意味なものになってしまう。

だから私は歯を噛みしめ、その場を離れようとしますが、

「……なんでヤツはあんな顔をしたのだ」


――ドグラスが空を見上げたまま、ぽつりと声を漏らしました。

「ドグラス……?」

「死ぬとはいえ、かつての恋人のところに行けるなら、ヤツにとっては本望じゃないのか。それなのに、どうしてあんな寂しそうな顔をした。我には分からぬ」

ドグラスは心ここに在らずといった感じで、立ち尽くしていました。

こんなドグラスの姿、今まで見たことがありません。

しかしそれを追及している場合でもなく、私はドグラスの腕を引っ張った――その瞬間でした。

「え……?」

私の胸に緑色の光が灯《とも》ります。

私はこれを、一度見たことがある。

リンチギハムの王城の裏手で見た、不思議な光です。

そしてそれは私だけではありませんでした。

「なんだ……この光は？」

ドグラスの胸にも同じ光が輝いていています。

これは一体……？

戸惑っている間にも、緑色の光はその輝きをさらに強いものとしていきます。

そして光で満たされた時——私の意識が、ここから離れていくような感覚を抱きました。

◆　◆

「ここは……？」

緑色の光で視界が満たされたかと思うと、次の瞬間には不思議な場所に立っていました。

まるで雲の上みたい。

立っているようで、立っていないような。

《白の蛇》の事件で、私が連れ去られた神界によく似ていると感じました。

そしてこの場所にいるのは私だけではなくて、

「どういうことだ？」

ドグラスもいました。

彼もこの謎の場所に、困惑しているよう。

「分かりません。先ほどの緑色の光が関係していると思うのですが……」

「なんにせよ、ずっとこの場所にいても仕方がない。ここにはいないナイジェルも気になるしな。ここから脱出を──」

ドグラスがそう言葉を続けようとした時でした。


「──よかった。ちゃんと発動してくれて」


第三の声が聞こえてきました。

きょろきょろと辺りを見渡すと、前方に緑色の光が。

それは徐々に形を変えて、一人の女性が現れたのです。

「あなたは？」

「私はシルヴィ。かつて、時の聖女と呼ばれた者です」

シルヴィ──。

ファーヴのかつての恋人。

その名前を聞き、私とドグラスはお互いに顔を見合わせます。

「なるほどな。あいつも言っていたが……どことなく、エリアーヌに似ている気がする」

「そうでしょうか？」

シルヴィさんと名乗った女性は、キレイな人でした。

自然と心を開いてしまうような、穏やかな空気を纏っています。

「どうして、あなたがここに？」

「そもそもこの場所はなんなのだ」

私達は続けざまに、質問を重ねました。

しかし。

「私は長命竜アルターに――そして私が今いる場所は――です」

シルヴィさん（？）の声は途切れ途切れで、肝心なところが聞こえません。

彼女は首を左右に振ります。

「やはり……ですか。私が今いる場所については、言葉に出来ないようです。アルターがなにか仕掛けているのかもしれません」

今いる場所？

シルヴィさんはやっぱり生きていた？

「そしてあなた達を、この場所に留めておくことも長くは無理でしょう。簡潔に伝えます」

私達が疑問を感じている間にも、シルヴィさんの話は続きました。

「長命竜アルターの力は強大です。二百年前、まだ不死身でないアルターにもファーヴは勝てなかった。今のあなた達でも勝てない。それは先ほど、実感したでしょう？」

シルヴィさんの言葉に、私は頷く。

ただでさえ強いのに、アルターは再生を繰り返す不死身のドラゴン。

仮にあの場所から逃げおおせたとしても、アルターは私達を諦めないでしょう。

態勢を整えたところで、簡単に勝てる相手とは思えません。

「ならば、我らに諦めろと言うのか？」

ドグラスが少し苛《いら》ついた様子で問います。

だけどそれにもシルヴィさんは首を横に振って。

「いいえ、違います。今回、あなた達も気付いているでしょう？　なにも分からないまま、アルターに挑むことになってしまった——それがあなた達の敗因」

「その通りです」

ファーヴが早く竜島に行きたがっていたのは、アルターの目があったのも理由の一つでしょうが——なによりシルヴィさんを救いたいという気持ちが先走っていたためでしょう。

私達はろくに準備もせずに、竜島に向かうことになってしまいました。

今思えば、軽率すぎる行動だったと反省です。

「汝はこう言いたいのか？　一度リンチギハムに戻り、しっかりと準備をしてから再度アルターに挑めと？」

次にドグラスが質問します。

「ファーヴという竜島の外で動ける駒を失ったアルターは、もうなりふり構う必要がありません。どのような手段を用いてでも、エリアーヌを拘束しようとします。僅かな時間すらも与えてくれないでしょう。

それに——仮にアルターを倒せたとしても、ファーヴは蘇らない」

「ならば、どうすればいいのでしょうか？」

詰んでしまった状況に、私はシルヴィさんに答えを求めます。

「たった一つだけ方法があります。今度はアルターを倒す術《すべ》を見つけてから、竜島に向かえばいい」

「だから！　それが出来ていれば苦労はせん！　いくら悔やんでも、やり直せぬのだ！」

ドグラスのイライラが爆発したのか、声に怒気を含ませてシルヴィさんに詰め寄ります。

ですが、シルヴィさんは微笑《ほほえ》みを浮かべ、怯まずにこう告げます。

「アルターに挑む前——その時間まで、私が時を戻します」

「そ、そんなことが可能なんですか⁉」

思わぬ提案に、私は前のめりに問いかけます。

「時の聖女と呼ばれた私には、時を操る力があるとされていました」

時を操る力——。

それはファーヴからも聞きました。

「ですが、私は聖女として落ちこぼれ。今まで、一度もその力を発動することが出来ませんでした。今回も時を戻せたとしても、ほんの数時間だけ。しかもたった一度きりです」

「汝がそういう力を持っているなら、どうしてもっと早くに力を発動しなかった。落ちこぼれだかなんだか知らないが、そのせいで我々は追い詰められ、ファフニールは死んだ」

「力の発動条件は二つありました」

とシルヴィさんは指を二本立てます。

「まず一つ目。エリアーヌ――あなたの神聖な魔力。あなたがファーヴに花冠を被せた際、私の力があなたのものと反応し、少しだけ私の意思が漏れました。とはいえ、力の完全発動には至らなかったですけどね。

そしてもう一つは――それはファーヴの死亡。私はかつて、ファーヴに約束しました。彼に死ぬような危機が訪れれば、私が彼を助ける――と。たった一度きりしか使えない力。それを私はファーヴの最大の危機によってトリガーが引かれるように、仕掛けました」

「最大の危機――すなわち、ファーヴが死ぬ時ですね」

「その通りです。私にはこれが限界でした」

奇《く》しくもファーヴの魔核爆裂は、時間を稼ぐだけではなく、シルヴィさんの力を引き出す要因になったということですか。

愛する人が死んだ時に、初めて発動する力――それは悲しく、そして儚《はかな》く尊いもの。

「本当は私自身の手でファーヴを救いたい。だけど……私はここから動けない」

寂しそうに言ったのち、シルヴィさんの声は力強いものとなって、こう続けます。

「時間はもう残されていません。エリアーヌ――問います。あなたは時を遡り、アルターを打倒してくれますか？　私の代わりに――ファーヴを救ってくれますか？」

その問いかけに対する答えは、とっくに持っています。

私はこう即答します。


「――もちろんです！」


あんな終わり方だなんて、あんまりすぎる。

私、ハッピーエンド以外は認めないんですから！

「ありがとうございます」

安心したように微笑むシルヴィさん。

「……エリアーヌに任せるのが最善だな」

ドグラスも表情を柔らかくし、そう口にします。

「ドグラスも時を遡らないんですか？」

「我はファフニールを未《いま》だに信じきれていない。我が行っても、足を引っ張るだけだ。それに……

そこの聖女の顔を見るに、時を遡れるのは神聖な魔力を使えるエリアーヌだけなんだろう？」

ドグラスの問いに、シルヴィさんは答えることが出来ません。

その沈黙が肯定だと感じました。

「ならば、どうして我がこの空間に来られたのだろうな。不可思議だ」

「それはきっと、あなたに後悔があったからですよ」

「我にか?」

「はい。あなたがファーヴに抱いている悔い——もっと他に方法があったんじゃないか。やり直したい。そのような強い想いが反応して、ここに来られたんじゃないでしょうか」

ファーヴのことを信じきれていないとドグラスは言います。

しかしファーヴが死んだ際のドグラスの表情を思い出すと、実は彼と仲直りしたかったんじゃないかと思えてきます。

「ふっ……面白いことを言うな。だが、答えはそれくらい単純なものかもしれぬ」

ドグラスは自嘲気味に笑い、

「あいつはバカなドラゴンだ。一人で大事なことを抱え込み、アルターに利用されてしまう。我が一番軽蔑するタイプだろう。だが、それでも——我の友であったことには変わりない」

私の顔を真剣に見つめ——。

「頼む、エリアーヌ。我が友を救ってやってくれ」

「はい、任せてください」

と私は力強く答えます。

「エリアーヌ、手を」

シルヴィさんが私を呼ぶ。

私は彼女の真正面に立ちます。

そして両手を握り、魔力を交じわらせました。

「私はあなたに全てを託すことしか出来ません。無力な私を許してください」

「なにを言うんですか。あなたのおかげで、私はやり直すことが出来ます。もし、二、、、度目の世界でもあなたと出会えたら、私と友達になってくれますか？」

私が言うと、シルヴィさんは一瞬きょとんとした表情。

だけどすぐに柔らかな笑みを浮かべて、

「喜んで」


そう答えてくれました。

今度は間違えない。

ファーヴ——そしてシルヴィさんを救ってみせる。

強い決意を抱き、私は交わる魔力をさらに強いものとしました。

第四話

時が遡り、私が見たのはいくつもの時計の針が巻き戻っていく情景。

次の瞬間。

私は王城にいました。


「……？　どうした、エリアーヌ。似合っていないか？」


目の前には私の作った花冠を被《かぶ》ったファーヴの姿が。

「ここが分岐点だったということですか」

どういう仕組みかは分かりませんが。

あの時に見た緑色の光は、やはりシルヴィさんのものでした。

「分岐点……？　なにを言っている。不思議なヤツだ」

沈黙し考え事をしている私を見て、ファーヴはなにも分からずに目を丸くします。

「まあ、いい。そろそろナイジェルが戻る頃ではないか？　早く竜島《りゅうじま》に向かおう。こうしている間にも、シルヴィは一人寂しく待っている」

そう言って、ファーヴが私に背を向け歩き出そうとします。

シルヴィさんがくれた、もう一度のチャンス――。


こうしている間にも、ファーヴがどんどんと離れていく。

抗《あらが》えない運命の大きなうねりを感じました。

時を遡ってきたと言っても、ファーヴは信じてくれるでしょうか？

そして仮に信じてもらえたとして、本当にアルターを倒す術《すべ》を思いつくことが？

様々な懸念がありましたが、咄嗟《とっさ》に私は――。


「ダメ――ッ！」


服の袖を掴《つか》み。

私はファーヴを引き止めていました。

「なんのつもりだ……？」

ファーヴが怪訝《けげん》そうな顔つきで、振り返りました。

一度息を吸い込んでから、私はこう告げます。

「お話があります」

その後、先ほど朝食をとった食堂まで戻り、私達は一堂に会していました。
メンバーは私とファーヴ――そしてドグラス、ナイジェルの四人です。

「長命竜《ちょうめいりゅう》アルターは生きています」


私がみなさんの前でそう告げると、ファーヴは椅子からガタッと立ち上がります。

「……っ⁉　一体、なにを言い出す？」

「そういう演技はいりません。私はこの先に起こることを知っていますので」

慌てるファーヴに私が言葉を投げかけると、彼は絶句していました。

「……ファフニール、汝《なんじ》は我らを騙《だま》していたのか？」

静かな怒りを押し止《とど》め、ドグラスはファーヴに鋭い視線を向けます。

ファーヴは「くっ……」と声を漏らし、申し訳なさそうに伏し目がちになります。

「す、すまない。長命竜アルターが生きているのは事実だ」

「どうして、その情報を伏せていた？」

「アルターに命令され、私達を竜島に誘《おび》き寄《よ》せる必要があったから……ですよね？」

私が問いかけると、ファーヴは少し悩んでから首を縦に振りました。

ドグラスはとうとう我慢しきれなくなったのか、ファーヴに詰め寄ろうとします。

「ドグラス、落ち着いて」

しかしすかさずナイジェルがドグラスを制止します。

「ナイジェル、離せ！　我は裏切ったファフニールを断罪しなければならない！」

「ファーヴが嘘《うそ》を吐《つ》いたことを、問い詰めるのは後だよ。エリアーヌ、まだ話は終わっていないよね？」

「はい」

ナイジェルの言葉に、私は頷《うなず》きます。

私もまだ混乱しています。

だって時を遡るだなんてことは、夢にも思っていませんでしたから。

頭の中で情報を整理しながら、私はゆっくりと語りだします。

「私は時の聖女――シルヴィさんの力で、時を遡ってきました」

一度目の私達はこのまま竜島に向かいました。

そこではシルヴィさんの形をした黄金が残っており、アルターとそのしもべ――アンデッドドラゴンが待ち構えていたのです。

そして、私達はアルターに「時の聖女は既に死んでいる」と告げられました。

「アルターの言ったことは、今でも全て覚えています。彼はドグラスのことを半人《はんじん》と称していました。混ざっておる……とも」

「半人……」

私の言ったことに、ドグラスはなにか引っかかったのか考え込みます。

説明は続く。

不死身のアルターを前にして、手も足も出ずに。

ファーヴは自らの命を犠牲にし、魔核爆裂《まかくばくれつ》を起こすことによって、私達が逃げる時間を稼ごうとしました。

ですが、奇《く》しくもそれがきっかけとなり、シルヴィさんの力が発動。

アルターを倒すための術を見つけるために、私だけが時を遡ってきたのです――。

そういうようなことを語り終えると、みなさん一様に驚いた様子でした。

「そんなことが……たった一度きりでも数時間とはいえ、時を戻せるのはすごいことだね。さすが時の聖女と呼ばれているだけあるよ」

「我らが長命竜アルターに敗北するというのは本当か？　エリアーヌの言うことだから、信じるしかないが……」

ナイジェルとドグラスが口々にそう言います。

半信半疑といったところでしょうか。

とはいえ、真摯に説明した甲斐《かい》もあって、二人は私の言葉を信じているようでした。

だけど。

「俺は君の言うことを信じられない」

ファーヴは頭を押さえ、首を左右に振りました。

「確かに、シルヴィには時を操る力があったのは本当のことだ。だが、エリアーヌにはさっき言ったと思うが――彼女は自分のことを『聖女として落ちこぼれ』と言っていた」

「それはシルヴィさんからも直接聞きました」

「今まで一度も力を発動することが出来なかったんだ。それが俺のピンチに発動する？　信じられない。そしてなによりも信じられないのが――」

ファーヴが辛《つら》そうな表情をして、さらに続けます。

「シルヴィが既に死んでいる――という話だ」

「………………」

「他のことは信じたとしても、それだけは信じられない。シルヴィが死んでいるなら、俺はなにと戦っている？　なんのために戦っている？　なにを犠牲にしてでも、シルヴィを救おうとした俺の想《おも》いは？　もし死んでいるなら、俺はもう戦う理由が――」

「ファーヴ」

話を遮り、私はファーヴの名前を呼びます。

なにを言われるのか見当がつかないのか、ファーヴはきょとんとした表情をします。

彼だって辛いのは分かります。

ファーヴはシルヴィさんを救うために動いていました。シルヴィさんが死んでいるなら、彼の行動原理そのものが否定されます。

だけど私は過去――いえ、未来の出来事を経験して。

ファーヴに、ある想いを抱いていました。

淡々と私はこう問います。


「あなたは本気でシルヴィさんを救おうと思っているんですか？」


すぐにその問いかけに対する答えはファーヴから返ってこず、食堂には静寂が訪れます。

しかしやがて、ファーヴが口を開き、

「なにをバカなことを言っている！」

と私に迫ります。

「俺は、シルヴィを救いたいと本気で思っている！　そのためなら君達を利用してでも、シルヴィを救おうとした！　誇り高きドラゴンにとって、それがどれだけ辛いことなのか――君には分かるまい！」

「その結果が、アルターに利用され、自分が死んで問題を先延ばしにすることしか出来ない――いわば詰みの状況を生んでしまっても……ですか？」

「そ、それは……」

ファーヴが怯《ひる》みます。

「シルヴィさんを救うために、本気で考えましたか？　心のどこかで本当はシルヴィさんは死んでいると気付いていたのでは？　でもそれを信じたくないから、アルターの言葉にしがみついた。それが一番、楽な方法だったから――」

捲《まく》し立《た》てるように、私はさらに続けます。

「恋人を救う正義の騎士。確かに、それは耳触りのいい言葉でしょう。しかし結局あなたは、恋人を救う自分に酔っていただけなのでは？　シルヴィさんを救うための方法を本気で考えず、都合のいい言葉だけを信じた。全てが甘すぎる。それが今のあなたです」

ファーヴは心当たりがあるのか、なにも反論出来ず、私の話に耳を傾けていました。

「お、おう……エリアーヌ、なかなかきついことを言いよるな」

「エリアーヌは優しいけど、言うべき時は言う強い女性だからね。君もそれは何度か実感しているだろ？」

視界の片隅で、ドグラスとナイジェルが話しています。

強い女性。

ナイジェルはそう言ってくれています。

だけど私はそんなに立派な人間ではありません。

「きついことを言いました。すみません」

私は頭を下げて、

「ですが、甘いというのは私も同じです。私は自分が腹立たしい。自分に酔っている――それは私も同じだったんでしょう」

そう言って、私は彼の両手を包み込むように握る。

「だからこそ、ちゃんと情報を精査することもしなかった。信じることは力――その考えを曲げる気はありませんが、一度目の私は軽率すぎます」

頭の痛くなる話です。

だから私は失敗しました。

ファーヴに言った言葉は、全て自分に跳ね返ってきます。

「だからこそ……今度は間違えません。シルヴィさんを救う。そのためにファーヴ――私達に再度力を貸してくれますか？」

真《ま》っ直《す》ぐ、ファーヴの目を見つめます。

彼は少し悩んでから、こう口を動かしました。

「……分かった。目が覚めた。君の言葉を信じよう。そもそも、アルターを信じて君の言葉を信じない道理はないからな。裏切り者の俺をまだ信じてくれるなら、君達に力を貸す」

そう答えてくれて、私はほっと一安心。

「というわけで――ナイジェルとドグラスも、引き続き彼と協力関係を築く……ってことでいいですか？」

「もちろんだよ」

「我もだ。色々と納得出来ないところもあるがな。だが、こういう時の汝を説き伏せられないのは、今に始まったことではない」

ナイジェルは即答。

ドグラスは少し複雑そうな表情を浮かべながらも、頷いてくれました。

「ファーヴ、アルターからの指示を、私達に詳しく話してくれますか？　もう隠し事はなしですよ」

「わ、分かった」

そう言って、ファーヴは語ってくれました。


アルターはファーヴを利用して、私の聖女としての力を確かめていました。

ベルカイム王国でもファーヴは私達を助けつつ、聖女としての力を見定めていたわけですね。

その目的は達成されましたが——一つだけ、不明瞭なことがありました。

それが私が世界中の街や村々に張った結界。

当初、アルターは一人でリンチギハムに向かい、結界の力を確かめ、自らの手で私を攫《さら》おうと考えていました。

しかしそれでは被害が広がってしまう。私以外にも犠牲になる人が現れるかもしれない。

そう考えたファーヴは自分が私——聖女を竜島に連れてくるとアルターに約束しました。

そうすることによって、なるべく被害を広げないようにしたんですね。

アルターもシルヴィさんという人質がいるので、ファーヴが裏切ることはないと考えたのでしょう。

アルターはその申し出を承諾し、ファーヴはリンチギハムに向かった——。

「……ということだ」

とファーヴは息を吐きます。

「し、しかし、シルヴィが既に死んでいるなら救うもなにもないのでは……？」

続けて問いかけるファーヴの声は、恐怖で震えていました。

「アルターの言葉を信じる必要はない——と、もう気付いたでしょう？　私はまだ、シルヴィさんは死んでいないと考えています」

と私が答えると、ファーヴの瞳に希望の光が宿ります。

「そうじゃないと、シルヴィさんの力が発動した説明がつきません」

「残留思念……みたいなものがあった可能性は？　強力な魔力や呪いは、死後になっても残るって君から聞いたことがあるけど？」

「いいえ」

ナイジェルが疑問を口にしますが、私は否定の言葉を紡ぎます。

「たとえそうだとしても、あの時に見たシルヴィさんは私達になにが起こったのかを知っているようでした。そして——場所については知れなかったものの——今でもどこかで私達を見守っている、そう思わせるような言動だったのです」

ですが、シルヴィさんは二百年前の人物だったはず。

ドラゴンであるファーヴやドグラスは別にして、シルヴィさんはただの人間。

どこかに閉じ込められていたとしても、とっくに寿命が尽きているはずですが——。

もう少しのところで答えが出そうですが、なかなかはっきりとせず、私はむず痒《がゆ》い気持ちになりました。

「だから、ファーヴ。希望を捨てるのは早いです。みんなで運命に抗いましょう」

「あ、ああ、そうだな。君に諭されるとは……本当に俺は不甲斐《ふがい》ない」

と言って、ファーヴは暗い表情をします。

薄々思っていましたが——実は彼、後ろ向きな性格かも知れません。

だからこそ、一人で突っ走ってしまう傾向があるのでしょう。

「ファーヴ、もっと顔を上げてください」

私はファーヴの顎をくいっと上げます。

「そんなんじゃ、シルヴィさんと再会した時にがっかりされますよ？　きっとシルヴィさんは、あなたの頼もしい姿を見たいでしょうから」

「君は——シルヴィが生きていることを、心の底から信じているんだな」

「当然です」

そうでないと、ここに戻ってきた意味がありませんから。

「……分かった。君がそうなんだ。俺も悪い方向に考えるのはやめる。シルヴィを救う——そのために前を向く」

「その意気です。いい顔になりましたね」

ファーヴの表情が勇ましくなったのを見て、私は手を離しました。

「汝ら、忘れているかもしれんが、問題はそれだけではない。時の聖女を救い出せても、アルターが残ったままなら、どちらにせよ我々に危機が訪れる」

「忘れていませんよ。アルターを倒すための術を考えなければいけませんね」

一度目のことを思い出す。

黄金のブレスを吐き、殺したとしてもすぐに蘇《よみがえ》ってしまう不死身のドラゴン。

なんの策も講じずにアルターに立ち向かった私達は、無様にも敗北してしまったのです。

あれが島の外に放たれれば——魔王を超える災厄が、世界中で起こることは確定的です。

「ファーヴ、アルターには私を連れてくるように言われていると思いますが——あまり時間が空いては、アルターに怪しまれるんでしょう？」

「その通りだ」

「時間をどれだけ稼げますか？」

「アルターの言っていた期限は今日中だ。とはいえ、どこまで信じていいか分からない。せめて、夜になるまでには、竜島に辿《たど》り着《つ》いておきたい」

今のところ、私達の優位性といえば——アルターが私を舐めていいいるところ。

不死身という能力に、絶対の自信を持っているんでしょう。

それは確かに、打ち崩せない絶望的な壁ですが——だからこそ付け入る隙がある。

アルターが私達の実力を見誤り、すぐに行動を起こさないなら、それを逆手に取るべきです。

「時間の猶予はもらった。だが、たった半日の間に、倒す手段を考えなければならないのか……」

ドグラスが難しい顔をします。

アルターは強大。

倒すための答えを、私はまだ見つけられずにいます。

だから。

「別方面から探ってみるのも、一つの手だと思うんです」

「別方面？」

「はい。仮に不死身ではなかったとしても、アルターは強い。彼の吐く息は、全てを黄金に変えてしまいます。あんな魔法は存在しません」

「では、ドラゴン固有の力なのか？」

「そうとも考えられます。ですが、魔法以外にも似た力は存在します」

それは怨念を源にする力。

先日も、私達はその強大な力に打ち震えました。

「呪いのスペシャリスト、いいい、いいいいいに意見を仰いでみましょう。なにか分かるかもしれません」

私はある女性の顔を思い浮かべながら、そう口にしました。

◆　◆

「レティシア、大事な話があるんだ」

ベルカイム王国の王城。

その一室でクロードが真剣な声音で、レティシアに話を切り出していた。

「なーに？」

呆《あき》れ気味に、レティシアは返事をする。

ちなみに、レティシアの視線の先はクロードではない。彼女はファッション雑誌を読みながら、クロードに対応していた。

「先日の結婚式、素晴らしかった」

「うんうん。色々と事件はあったけど、結局は上手《うま》くいってよかったわね。わたしも一生に一度の晴れ舞台を、ああいう形で迎えられてよかったと思ってるわ」

「だろ？　だから、あらためて——君に言うことがあるんだ」

コホンと一つ咳払《せきばら》いをして、クロードは両腕を広げる。

「レティシア！　愛している！　これからも君のことはボクが守る！」

——と、散々もったいつけて、クロードは言った。

言われることを大体予想していたレティシアは、ここで溜《た》め息《いき》を吐く。

「なに、あらたまってんのよ⁉　ってか、それを言うのは何回目？」

「そうだったか？　ボクが覚えている限り、結婚後は十回くらいしか言っていないと思うが……」

「十三回よ——あんたもよく飽きずに、そんな恥ずかしいことを何回も言えるわね」

とレティシアはようやく雑誌から視線を上げる。

「ちゃんと覚えててくれたんだね！　君のためなら何度でも言うよ！」

「ああ、もう！　うっさい！」

感極まって抱きつこうとするクロードを、レティシアは右手で押し返した。


クロードとレティシア。

クロードはベルカイム王国の第一王子であり、このままいくと近い将来に王位に就くことになる。

そしてレティシアは、そんな彼の結婚相手であり、王太子妃でもあった。

元々はエリアーヌがベルカイム王国を追放となった、きっかけを作った少女。

一流の呪術士であり今までエリアーヌ達を苦しめたこともあったが、改心してからは彼女達の味方になっている。

(なんか結婚してから、さらに情熱的になったような……そういえば、ナイジェルもそうだったみたいだし、男ってみんなこうなのかしら？）

呆れるレティシア。

とはいえ、「愛している」と言われた回数を律儀に覚えているので、レティシアもレティシアでのろけているのだが――彼女にその自覚はない。

「レティシアはどうだい？　もしかして、ボクのしつこさに嫌気が差したんじゃ……」

クロードが不安そうに、レティシアを見つめる。

「そんなこと思ってないわよ。結婚式で、あんたの頼もしいところを見たところだしね」

再び溜め息を吐いて、先日の結婚式を思い出す。


――ボクはレティシアを絶対に離さない！


かつての恩師、ディートヘルムに追い詰められて。

レティシアは城の屋上でクロードの手を振り払い、自ら落下した。

それは自分がクロードにふさわしくない女だと思い、彼の身を案じたからでもある。

だが、そんなレティシアをクロードは追いかける形で自分も飛び降り、彼女を抱きしめた。

心配ないよ、大丈夫。

君を好きになって本当によかった。

このままでは死という運命には抗えないというのに――。

あの時のクロードは、そう言わんばかりの笑顔をレティシアに向けた。

今まで、クロードのことを「ちょっと頼りないな」と思ったことは、一度や二度じゃない。

しかし結婚式の一連の出来事にて、レティシアはクロードをあらためて見直したのであった。

「頼もしいところ？　結局、エリアーヌ達に助けられっぱなしだった気もするが……」

「そんなことないわよ。あんた、忘れたの？　あんたがわたしの呪いの力に適合したことを」

レティシアがクロードに呪いを付与することによって、彼は覚醒した。

本来、呪いは女神の加護のように、誰かに力を与えるものではない――それなのにどうしてクロードが適合したのか。

（あとから思い出したけど……クロードって、前代聖女の子どもなのよね）

ゆえに彼にも呪いの耐性が引き継がれていた――そう考えると辻褄《つじつま》が合う。

「まあ……ボクは最後の最後、ディートヘルムに隙を作っただけだ。ボクだけではディートヘルムを止められなかった」

「なーんで、あんたは急に自信をなくすのよ⁉　昔のあんたはもっと……なんていうか、自己肯定感が高かったじゃないの」

「今思えば、昔のボクも取り繕っていただけで、本来はネガティブだった気もするし……」

うじうじと言うクロード。

捨てられた子犬のようなクロードを見て、レティシアは母性本能をくすぐられたのか、思わず彼を抱きしめた。

「いい？　あんたは素晴らしい男よ。わたしなんかには、もったいないくらいにね。わたしが愛した男なのよ？　もっと自信を持ちなさい」

「レ、レティシア〜〜〜〜！」

クロードが情けない声を上げて、彼女の胸に顔を埋《うず》める。

（このやり取り……もう何度目になるか分からないわね）

だが、さすがに恥ずかしさが増してきた。

クロードを引き離そうとすると……。


「クロード殿下！」


一人の騎士が慌てた様子で、部屋に駆け込んできた。

「ノ、ノックもなしに、いきなりなんだ⁉」

「す、すみません」

騎士の男が萎縮する。

クロードも騎士の不躾《ぶしつけ》な行為を窘《たしな》めているというより、単純にいちゃいちゃしているところを見られた恥ずかしさで、声を上げている節があるが。

「ま、まあいい。それで……なんだ？　なにか報告があって、ボクのところに来たんだろ？」

「はっ！」

彼は姿勢を正し、こう告げた。

「王都の上空にドラゴンが現れました！」


一方。

切羽詰まった騎士とは対照的に、クロードは生返事である。

「そっかあ」

（なんかこの光景、一回見たことがあるわね……）

レティシアは、結婚するよりずっと前——エリアーヌを追放した日のことを思い出していた。

「君は確か、最近この城に配属された騎士だったな」

「そ、そうですっ！」

「なら知らなくてもしょうがないと思うが、それは多分、ボク達の友人だ。名をドグラスという」

「ゆ、友人⁉　クロード殿下はドラゴンと、友好関係を築いていたのですか！　素晴らしいですっ！」

キラキラと目を輝かせる彼。

クロードは「そ、そうか？」と、ちょっと得意げだ。

「さすがクロード殿下です。まさか一体だけでもすごいのに、二体もドラゴンを手懐けているとは！」

「……ん？」

騎士の言葉に、クロードは引っかかった様子。

「おい。今、なんと言った？　二体と聞こえたんだが」

「はい。二体です。上空に現れたドラゴンは二体です。だからますますクロード殿下のすごさが際立ち――」

彼が言い終わるのを待たずに、クロードは急いで声を上げる。

「ゆ、友人なのはドグラス一人だけだ！　二体目のドラゴンがいるだなんて、聞いてないぞ！」

◆

◆

「はあ～～～～、あんた達ったら……」

レティシアが深い――ふか――――い溜め息を吐き、私達にこう言います。

「一体だけならともかく、二体も同時に現れたら、こっちとしてはてんてこ舞いよ。来るんだったら来るで、事前に連絡が欲しかったわ」

「す、すみません。そういう状況でもなかったので……」

――みなさんと再び意思を一つにしてから。

私達はベルカイム王国に向かいました。

魔法の方面からでは、アルターを打ち崩せない。

ならば、呪いなら——と考えたわけですね。

だけど情けないことに、私は呪いの専門家ではありません。

なので一流の呪術士であるレティシアに、話を聞くべき。

急いでいたので、私達はドラゴンに戻ったドグラスの背に乗り、ファーヴもドラゴンとなってベルカイムの王城に辿り着きましたが——王都に住む人達を驚かせてしまったみたいです。


「……で。急いでいるんでしょ？　なにか相談したいことがあるなら、さっさと言いなさいよ」

先ほどのことを水に流してくれて、レティシアは話を促します。

「はい、実は……」


私達は事の顚末《てんまつ》を、レティシアとクロードに伝えました。


するとレティシアは顎に手を当て、少し考えてから。

「なるほど……ね。確かに、そういうのはわたしの方が得意分野っぽいわね」

「だったら——」

「でも、あんたの望む答えは渡せない。きっとそれは呪いじゃない。長命竜の攻撃を、事前に防ぐ手段はない。攻撃をなんとか避《よ》けるか、結界を張るしか対策はないでしょうね」

「そう……ですか」

レティシアの言葉に、私は肩を落とします。

「あと——これはあんた達にとって、残酷なことかもしれないけど」

彼女はさらに言葉を重ねます。

「呪いじゃないと思う——って言ったばかりだけど、仮に黄金のブレスが呪いに由来するものだとしましょ。それでも、呪いってのは二百年も保つもんじゃない。例外はあるけどね。二百年前にも長命竜は周囲のドラゴンや木々を、黄金に変えていたんでしょ?」

「ああ」

とファーヴが相槌《あいづち》を打ちます。

「だけど二百年ぶりに訪れた竜島では、時の聖女の形をした黄金以外は残っていなかった。二百年は保たなかったってこと。つまり例外的な呪いじゃない」

「ということは……」

「ええ。一時的に黄金になっていたとしても、そのままだったら時の聖女は途中で人間の姿に戻って、寿命を迎えたんじゃないかしら?」

それはアルターの「時の聖女は既に死んでいる」という言葉を、裏付けるものとなってしまいました。

視線を隣に移すと、ファーヴは暗い顔で俯《うつむ》きます。

彼になんと言葉をかけていいか分からず、口を噤《つぐ》むしかありませんでした。

「だが——時の聖女は力を発動し、エリアーヌは時を遡った。そのことは事実だ」

しかしその雰囲気を払拭するように、今度はクロードが口を開きます。

「ならば生きているという説も、自然な考えだ」

「だが、人間の寿命は二百年も保たん。どうやって生きているのだ?」

ドグラスが疑問を発します。

その疑問に、ここにいる誰もが答えることが出来ません。

ですが——。

「ここに来るまでに、考えていたことなんだけど」

ナイジェルが思案顔になって、こう言いました。

「ファーヴは時の牢獄《ろうごく》に閉じ込められていたんだよね?」

「その通りだ」

「そこは確か、ここことは次元が違っていて、時が静止したような空間なんだっけ?」

「それも正解だ。だが、そのことが今となんの関係が……」

そこまで言って、ファーヴはハッとした表情になります。

シルヴィさんは時の牢獄に閉じ込められている。

その可能性が私も頭に浮かび、手を叩《たた》きます。

「そうです！　その可能性がありました！」

「エリアーヌから話を聞くに、アルターは慎重なドラゴンだ。ならば、シルヴィさんを殺すのではなく、利用する——と考えて、ファーヴとは違う空間に存在する時の牢獄に閉じ込めたかもって思ったんだ」

「シルヴィが生きている——」

灯《とも》った希望の光に、ファーヴの顔色も明るくなっていきます。

「うむ、そう考えるのが妥当だろう。ならば我々のすべきことの一つは決まった。その牢獄から時の聖女を救い出せばいい」

とドグラスは腕を組み、そう口にします。

「ですね。とはいえ、現状は時の牢獄からどうやって救い出せばいいのかが……」

そして——その方法を悠長に探している猶予もありません。

うーんと頭を悩ませます。

ですが、この時——。

「……魔王だ」

ぽつりと。

ファーヴが忌々しい存在の名を口にしました。

「アルターは魔王を恐れていた。この二百年間、特に大きい動きを見せていなかったのも、魔王の存在があったからだ。魔王ならなにか知っているかもしれぬ」

「ファーヴ！　グッドアイディアだ！」

とナイジェルが指を鳴らします。

それに——魔王が倒された歪みによって、ファーヴは時の牢獄から解放されたとおっしゃっていました。

世界を滅さんとするほどの強大な力の喪失、それを再現することは不可能に近いと思いますが、魔王が鍵を握っていることは確かそう。

「しかし、魔王は君達の手で打倒された。それなのに——」

「いいえ、魔王はまだ生きています」

力強い言葉で、私はファーヴに教えます。

ベルカイム王国に封印されていた魔王——私達は魔王を倒し、世界に平和が訪れたと思っていました。

ですが、魔王は自分が倒された神剣の中に潜み、《白の蛇》事件で私達に牙をむいたのです。

魔王を完全に倒しきれないと悟った私達は、ひとまず神剣に封じ込めたままにすることを決めました。

神剣は使えないままですが、今もリンチギハムの一室で、魔王と共に封印されています。

「そうね。魔王といったら、あの呪いにも昇華した怨念は現代にも残っていたわ。二百年……いえ、それ以上に残っている例外的な呪い。なにか、ヒントが得られるはずよ。だけど——」

レティシアも私の意見に賛同してくれましたが、一転して心配そうな声音になります。

「教えてくれるかくれないかは、この際一旦置いておいて——魔王に話を聞くってなら、一時的に封印を解かないといけないんでしょ？　大丈夫かしら」

「……その通りです」

始まりの聖女の力を得てもなお、私達は完全に魔王を消滅させることが出来ませんでした。

ベルカイム王国を襲った恐怖は、今もなおレティシアの胸にも深く刻まれているんでしょう。

彼女が心配するのも無理はありません。

「だけど、他に方法を探している時間はない。リンチギハムにはこんな言葉がある。『大きなことをやるなら、時には危険に飛び込む必要がある。さすれば、思った以上の成果が得られる』……って」

「まさに今がその時だということだな」

ナイジェルが言ったことに、ドグラスも好戦的な笑みを浮かべます。

魔王はただ強いだけではなく、狡猾《こうかつ》。

《白の蛇》事件でも、ナイジェルを騙し彼の体を乗っ取ることによって、再び世界に災厄をもたらそうとしました。

私だけでは、魔王と交渉するには力不足かもしれません。

「やはり……彼女の力を借りる必要がありそうです。リンチギハムに戻りましょう」

と私が席を立とうとすると、

「……気になるな」

クロードが呟《つぶや》きました。

「なにがだい？」

ナイジェルが問います。

「いや……長命竜が二百年間、大きな動きを見せなかった理由だ」

「ファーヴは、アルターが魔王を恐れていたからって言ってたけど？」

「不死身の力を得るために、時間が必要だったとも考えられます」

「そうなんだけど……なんか違和感が残る話でな。ボクにしたら、長命竜が時が来るのを待っていたようで——」

しかしそこでクロードは首を横に振って、

「すまん、ボクの考えすぎだ。忘れてくれ」

と話を打ち切ります。

考えすぎだと言っていますが、クロードはたまに勘が鋭いところがあります。

もし分かるなら——魔王に聞いてみるのも、よさそうですね。

「なんにせよ、お二人とも——ありがとうございます。希望が湧いてきました。全てが終わったら、またあらためてお礼をさせてください」

「これくらいお安いご用よ」

「またボク達の助けが必要になったら、言ってくれ。応援してる」

私達は別れを告げ、王城を去りました。


そして私達は急いでリンチギハムの王城に戻ってきました。

さっきからバタバタです。

だけど弱音を吐いてはいられません。

刻一刻と、タイムリミットが近付いているのですから。

だからこそ、私は彼女を急いで探します。

幸運にも、彼女はまだ中庭にいました。


「エリアーヌのお姉ちゃん？」


彼女——セシリーちゃんが私達に駆け寄ってきて、首をかしげます。

彼女の後ろにはラルフちゃんとアビーさんもいます。

どうやら、ラルフちゃんの声を聞くため、特訓を続けていたようです。

「あっ、探してた人は見つかったんだね」

「ええ、おかげさまで」

「でも、どこかに行ってたんじゃ……？　ドグラスに乗って、ここを出発するのを見てたの」

目をクリクリさせます。

愛らしい顔。

彼女の顔を見ていると、つい抱きしめたくなってしまいます。

しかし——彼女はただ可愛《かわい》いだけではありません。二人目の聖女として、魔王を封じる一助となっているのです。

『しなければならないこと？　もしかして、なにか事件なの？　セシリーの助け、必要？』

数時間前——私がドグラスと話をしようと、中庭を通りがかった時。

セシリーちゃんは、私にそう言ってくれました。

彼女を巻き込んではならない——そう考えた私は「私達で解決しますから」と、その申し出を断りました。

でも一度目では、私達だけではシルヴィさんを救えず、アルターに敗北しました。

だから——。

「セシリーちゃん」

彼女と視線の位置を合わせるため、私はその場にしゃがみます。

私は生来、一人でものごとを解決しようとする悪い癖がありました。

そのせいで、ナイジェルにご迷惑をかけたことも多々。

もしかしたら、私もファーヴと似ているところがあるかもしれません。

だけど――私は一人では無力。

みんなの力を借りて、ようやく戦いの舞台に上がれるのです。

迷いを振り切り、私はセシリーちゃんにこう頼みました。

「お願いします。あなたの力を貸してください」


王城内には特別に設けられた宝物庫があります。

その中心に鎮座するように――神剣は床に刺さっていました。

「僕がここに来るのは初めてだ」

宝物庫に入るなり、ナイジェルが声を発します。

神剣はナイジェルとの親和性が高い。

だからこそ、魔王に体が乗っ取られてしまう可能性を考え、ナイジェルは宝物庫に近寄ろうとすらしなかったのです。

しかし今回はそれを逆手に取ります。

「もし、魔王に体を乗っ取られても、我が汝の目を覚まさせてやる」

「俺もその力になろう」

ドグラスとファーヴも緊張感を募らせます。

ファーヴは剣を両手に顕現させ、いつでも戦えるように構える。

「にぃに、心配する必要はないの。魔王なんて、セシリーとお姉ちゃんの二人で『めっ！』してあげるから！」

「うん、セシリーもありがとう」

ナイジェルはセシリーちゃんを見て、柔らかく微笑《ほほえ》みます。

魔王に話を聞くため、一時的に封印を解くことは、避けられません。

そのためにまず、ナイジェルが神剣を握り、わざと魔王の魂をその体に降臨させます。

しかしそれだけでは、ナイジェルが魔王に完全に乗っ取られてしまう可能性があります。なのでそうならないように、聖女の力で魔王の動きを制限しなければなりません。

魔王の恐ろしさは、身をもって実感しています。

私だけで十分——と過信出来ません。

だから私は、二人目の聖女——セシリーちゃんの助けを借りることにしました。

彼女の力は不十分ながら、光の力によって邪悪なものを浄化し、制御することに秀でています。

それは《白の蛇》の事件の際、セシリーちゃんが魔王を神剣に封じ込め、ナイジェルを救ったことからも分かります。

そんな彼女と一緒なら、なにも怖いことはありません。

「じゃあ、いくよ」

「お願いします」

私がそう答えると、ナイジェルは神剣の前に歩み寄りました。

「……っ」

そして覚悟を決めて、神剣を引き抜きます。

その瞬間——神剣から闇が発生し、ナイジェルの体にまとわりつく。

「く……っ！」

ナイジェルの顔が苦痛で歪《ゆが》みます。

「セシリーちゃん！」

「分かったなの！」

私とセシリーちゃんは手をかざし、ナイジェルに光の魔力の矛先を向けます。

光と闇が衝突し、せめぎ合う——。

「強い……っ！」

「なの……」

闇に押し込まれ、光がジリジリと後退。

ナイジェルから這《は》い出《で》た闇は触手のような形となり、私達目がけて飛んできます。

すぐに結界を張ろうとする——しかし。

「おっと」

「ここから先は行き止まりだ」

ファーヴとドグラスが私達の前に立ち塞がり、闇の触手を払いました。

「魔王の残り滓《のこかす》なら、こんなものか――エリアーヌ、セシリー、これは魔王の力の片鱗《へんりん》が、漏れ出たものだ」

「こいつらは俺達に任せて、君達は闇を抑え込むのに集中してくれ」

「はい！」

「分かったなの！」

セシリーちゃんも元気よく返事をします。

ただ、漏れ出ただけだというのに、なんという力――あらためて魔王の恐ろしさに戦慄しました。

私達は二人に言われた通りに、さらに集中を高めます。

ナイジェルの体を、光の鎖で闇ごと拘束します。彼はしばらく鎖を引きちぎろうと暴れていましたが、唐突に静止し、顔を伏せます。

そして彼が顔を上げた時には――瞳には光が宿っていなかった。

ゆらゆらと揺れる体の動きは、陽炎《かげろう》を思わせます。

「――妾《わらわ》を目覚めさせたのは、貴様らか。なんの用だ」

ナイジェル――魔王は口を開きました。

彼と魔王の声が混ざり合ったような不協和音。

聞いているだけで、不安でいっぱいになります。

「あなたにお聞きしたいことがありまして」

私は緊張感を保ちつつ、魔王に語りかけます。

すると魔王はおかしそうに哄笑《こうしょう》し。

「く——はっ！　聞きたいことだと？　妾がどのような存在か、まだ理解しておらぬのか？　妾は貴様らの味方ではない」

「ええ、分かっています。だからこれは命令ではなく、お願い。どうか私達に力を貸してくれませんか？」

懇願する。

しかし魔王は試すような口調で、こう続けます。

「ふっ——笑わせるな。せっかく、この世にもう一度顔を出せたのだ。あの時と同じようにこいつの体を乗っ取り、世界を災厄に染めてもいいのだが？」

「やれるもんなら、やってみろ——なの！」

セシリーちゃんにしては珍しく、挑むように言いました。

ナイジェル——の体を借りた魔王は、セシリーちゃんの顔を興味深そうに眺めます。

やがて。

「……挑発は通じぬか。一人だけならともかく、妾の力を封じる聖女が二人もいる前で、下手な真《ま》似《ね》はせんよ。まあいい。妾も退屈していたからな。暇つぶしだ。話せ」

と諦めたように魔王は首を左右に振りました。

「ありがとうございます」

礼は言うものの、警戒心は募らせたまま。

私達の理解の範疇《はんちゅう》を超えているからこその魔王。

なにか、よからぬことを考えているかもしれません。

少しでも油断すれば、やられるのは私達の方でしょう。

「あなたは長命竜アルターを知っていますか？」

「長命竜アルター？」

魔王が首をかしげる。

「知らぬな。なんだ、それは」

「アルターは──」

私は手短に、時に情報にフェイクも交えながら、魔王に事情を伝えます。

「なるほど……な。長命竜──などとは、随分と偉そうな名前の竜がいたものだ。二百年以上生きていようとも、妾にとっては刹那の瞬きに過ぎぬ」

と魔王はバカにしたように言います。

いくらドラゴンが人間より遥《はる》かに長命とはいえ、魔王は歴史の記録すらろくに残っていない時代から生きている存在。

私達人間にとって気が遠くなるような年月でも、彼にとってはつい最近のことのように感じるのでしょうか。

「貴様らに助力する気はない。だが、妾がいないうちにそのドラゴン――若造に好き放題させるのも癪《しゃく》だ。少しだけ教えてやろう」

そう言って、魔王は語り始めました。

「まず、時の牢獄だな――貴様らの話を聞くに、時の聖女とやらはそこに閉じ込められている可能性が高いんだろうな」

「やはり……ですか」

「どうすれば、時の牢獄に入ることが出来る？」

ファーヴが一歩前に出て、話に割って入ります。

「仮にその若造が時の牢獄を発生させたとしよう。ならば、若造の核――コアが必要だ。コアを手に入れ、それに魔力を流し込め。時の牢獄に入り、時の聖女とやらを助けることが出来るかもしれぬ」

「本当か⁉　どうすれば、コアを手に入れることが出来る⁉」

「若造を殺す必要がある。生きたままコアを取り出すことは不可能だ。つまりどちらにせよ、貴様らは若造を倒さなければならぬわけだ」

魔王はきっぱりと言い放ちます。

予想はついていましたが……やはり、そういう答えですか。

ですが、アルターを倒すことに関しては既定事項。希望が生まれて、ファーヴの顔も明るさを帯びます。

「だが、時の牢獄に入っても、こちらの世界に戻ってこられるとは限らぬぞ？　ほとんど偶然とも言える可能性を潜《くぐ》り抜《ぬ》けなければ、一生時の牢獄の中で過ごすことになる。そこのドラゴンが牢獄から出られたのは、奇跡みたいなものだ。オススメはせん方法だがな」

「構わない。少しでも可能性があるなら、俺はそれに賭ける」

そう答えるファーヴは、ぎゅっと拳を握る。

その表情は覚悟に満ちているものでした。

「そして次に――不死身の能力。こちらについては推測になる。本来、不死身などというものは有り得ない」

「ですが、アルターは何度も再生を繰り返していました」

竜島での絶望的な戦いを思い出しつつ、私はそう口にします。

「時間というのは、どれだけ強大な力を持ち得たとしても、平等に流れていく。人間やドラゴンの寿命も、時が流れた結果だ。妾ですらも、その呪縛からは逃れられん」

「なにが言いたい？」

とファーヴが問います。

「つまり若造の不死身の能力は、同族の血を喰《く》らい、その力を体に取り込んだ結果も大きいと思うが――そこに時を操る能力を、ほんの一滴垂らした結果だと思うのだ」

「時を操る能力――つまりそれは」

「うむ。そんなものは、今のところその時の聖女しか使えぬだろう。おそらく、時の牢獄に閉じ込めたのも、それが理由ではないか？　時の牢獄に閉じ込めた上で、漏れ出る時の聖女の力を使っている。だからこそ、若造は時の聖女を殺さず、牢獄の中に閉じ込めたのだ」

点と点が繋《つな》がった——そんな気分。

一度目では知り得なかった真実。

そしてそれはシルヴィさんが生きているという証明にもなるようで、希望の灯の色はさらに濃くなっていきます。

「妾に分かるのは、それくらいだ」

「十分です。ありがとうございます」

再度、礼を伝えます。

暇つぶしとは言っていましたが、これだけペラペラと喋《しゃべ》る魔王に違和感を抱きましたが——背に腹は替えられません。

「……一つ、我からも質問はいいか？」

魔王が表出してから今まで、沈黙を守っていたドグラスが次に口を開きます。

「我を見て、なにか思うか？」

「ん？　弱きドラゴンだ——と。妾にとっては、塵芥《じんかい》にすぎない」

「……っ！」

ドグラスは怒りのまま飛びかかりそうになりますが、それを鎮めるように一度深呼吸をして、再び口を動かします。

「エリアーヌが言うに、アルターは我を見て半人だと言ったらしい。それがどういう意味か分かるか？」

「半人――か。く、はっはっは！　これは若造もなかなか傑作なことを言いよる！　そのままの意味だ」

「そのままの……意味？」

「そこから先は貴様自身で考えよ。妾が教えても、意味がないと思うしな」

それ以上は教える気もないのか、魔王は口を閉じてしまいます。

なにを知っているのか気になりますが――そろそろタイムリミット。

セシリーちゃんも継続的な魔力の放出で辛そう。

その証拠に、先ほどから喋る余裕もなさそうです。

「ナイジェル――剣を置いてください。ここから離れましょう」

私はそう告げて、魔王の拘束を解きました。

すると魔王――を体に宿すナイジェルは、ゆっくりと頷きます。

これは《白の蛇》事件が終わってから聞いた話なのですが――魔王に体を乗っ取られている時も、ナイジェルの意識は少し残っていたらしい。

さらに今は私とセシリーちゃんが、光の魔力で魔王の闇を封じ込めています。

大きな動きは無理でしょうが、簡単な動作なら容易だろう――とナイジェルは語っていました。

ナイジェルが剣を床に刺そうとする。

魔王も最初から諦めているのか、特に抵抗らしい抵抗を見せなかった。

やけにあっさりとした態度の魔王に、私は違和感を強くします。

「最後に……妾も一つだけ聞かせてもらっていいか？」

しかし床に剣が触れようとした瞬間。

背を向けたまま、魔王が私に問いかけます。

「内容次第なら」

「なに、難しい質問ではない。二百年間、若造が特に大きな動きを見せなかったことが引っかかってな。それは貴様も同じだろう？」

「その通りです」

「妾を恐怖した――という理由でも納得は出来るが、理解は出来ん。若造は貴様のことを、なんと呼んでおった？」

「えーっと……」

一度目のアルターの言葉を思い出し、私はこう言います。

「確か、〝真の聖女〟……だと。それがなにか？」

「……そうか。なるほど。若造なりに、そこまでは分かっているようだ」

魔王はなにか分かったのか、何度か頷きます。

これについても問いいただしたいですが……教えてくれる気はないでしょう。

それにタイムリミットが本気で近い。

「では……な。次に妾が降臨すれば、世界は『死』に彩られるだろう」

そう言い残して、魔王――いえ、ナイジェルは剣を刺し、それと同時に闇が消えました。


「その表情を見るに、有益な情報は得られたみたいだね」

宝物庫から出て。

ナイジェルは爽やかな表情で、そう言いました。

ちなみに……セシリーちゃんは疲れたのか、すぐに私達と別れて、自室に帰っていきました。

彼女にもまた、お礼をしなければいけませんね。

「はい。時の牢獄の入り方――そして不死身の正体について、魔王から教えてもらいました。まずはアルターを――」

私は続けて、魔王から得た情報をナイジェルに説明します。

そして一通り、話が終わったところで、

「だが、これからどうする？　どちらにせよ、アルターは倒さなければならぬ。不死身の能力が時を操る力に由来しているからと知っても、対策のしようがないぞ」

とドグラスが私に疑問を投げかけました。

私に時を操る能力はありません。

そんな専門家はどこにもいません。

ならば、ファーヴ以外にシルヴィさんの力を目にしている——そんな人の力を仰ぐべきだと考えました。

「一つ、心当たりがあります。ファーヴ——あなたは教えてくれましたよね。シルヴィさんは瘴気《しょうき》に覆われた精霊の森を救ったことがあった……と」

「そうだ」

とファーヴが首を振ります。

昔、彼が言ったことを、私は思い出す。

『二百年前も似たようなことがありましたが、聖女様のお力もあって瘴気を取り払うことが出来ました』

私は彼の名前を口にします。

「——精霊王フィリップ。彼に話を伺いに行きましょう」

フィリップ。

精霊の王でもある彼は、過去にファーヴと同じく、聖女である私の力を求めました。

その理由は瘴気に覆われた精霊の森——そして仲間達を救うため。

私はナイジェルと共に精霊の森まで向かい、無事に瘴気を払うことに成功。それから彼らとは良《い》い関係を築いていましたが——まさか、こんなところで繋がりがあったとは。

私達はすぐに精霊の森に行き、フィリップと対面しました。


「……そうだ。確かに俺は、二百年前に聖女シルヴィと会ったことがある」


事情を説明すると、フィリップはそう頷く。

予想が当たって、私はパンと手を打ちます。

「やっぱり……！」

昔は人間と精霊の仲が、今よりも良好だったと聞きます。

そして二百年前にも一度、聖女に助けられたことがある——と以前、フィリップが言っていました。


だからこそ、フィリップは当代の聖女である私の力を借りようと、探していたわけですね。

もしかしたらその聖女がシルヴィさんではなかったのかと考え、こうして足を運びましたが、無駄足にならなくてなによりです。

「そうか……君がシルヴィのかつての恋人だったたか」

とフィリップはファーヴを見ます。

「そして、そんなことがあったとは知らなかった。シルヴィは寿命を迎え、聖女の力は次の少女に受け継がれていたと思っていた。それが慣わしだったからな。聖女をも時の牢獄に閉じ込める、長命竜の力。想像するだけで恐ろしいよ」

「一、一度目の僕達は、長命竜アルターを前に手も足も出なかった……ってエリアーヌが言っていた。フィリップ、アルターの不死身の力を封じる方法を、なにか思いつかないかな？」

ナイジェルがそう問いかけます。

フィリップは考え込むように、目を閉じます。

そして開かれた瞳には、力強い光が宿っていました。


「あの時、シルヴィの言っていたことが現実となってしまったか」


「シルヴィさんの言っていたこと？」

「ああ。彼女は自分のことを、聖女として落ちこぼれだと言っていた。しかし私の本来の力は強大。誰かに悪用されてしまうかもしれない——と懸念もしていた」

時を操る能力。

彼女のおかげで、私は時を遡ることが出来ました。

発動条件は難しいし、時を遡る力は一度きりと言っていましたが、その力の強さは実感しています。

「だからこそ、彼女は自分の力を封じる術を設けていた。アル、マーズ」

『はーい』

『話をしている間に、じゅんびしたよー』

フィリップが指を鳴らすと、彼の隣に小さな光が現れます。

子ども精霊です。

彼（？）彼女（？）の二人から魔力の放出を感じ取ると、私の手にはネックレスが載せられていました。

「これは？」

「それは時の聖女の力を封じる効果を持った道具。彼女は自分の力を危惧して、俺達に託してくれていた」

「どうして恋人であるファフニールではなく、精霊に託したのだ？」

ドグラスからそんな質問が飛びます。

「きっと、彼女は危険が迫っていることを、どこかで察していたのかもしれない。ならば、ファーヴにこれを託して、誰かに強奪されてしまう可能性も考えていただろう。ゆえに一見、繋がりがなさそうな俺達に託したのかもな。真相は分からないが」

「………………」

ファーヴはシルヴィさんのことを思い出しているのか、なにも言葉を発しようとしません。

「ともかく、このネックレスをシルヴィの首にかければ、万が一のことがあっても力の放出を止められると言っていた」

「そ、そんなすごい道具が……でも、シルヴィさんは時の牢獄内にいると考えられます。どうやって首にかければ……」

「そこで、だ」

フィリップが手をかざし、ネックレスに魔力を注ぎます。

するとネックレスは弾《はじ》け、一つ一つの塊となった、いくつかの宝玉が現れました。

「これを竜島のいたるところに置け。そうだな……一つ一つの距離は離し、なるべく間隔も均等にした方がいい」

「どうしてですか？」

「アルターの体に宝玉を埋め込むのも一つの手だが、戦いの最中でそれは不可能に近いだろう。ゆえに竜島全体を魔力起動の道具とする。設置し終え、エリアーヌが魔力をもって発動すれば、アルターが恩恵を受けているシルヴィの力を封じることが出来る」

「そんな方法が――」

思いもしなかった策に、私は感嘆の声を漏らします。

とはいえ、容易に出来ることではありません。

別行動を取るにしても、竜島に着いた時点で、私達の存在と位置はアルターに把握されるでしょう。

アルターの足止めをしつつ、竜島に宝玉を設置していく。

それがどれだけ困難なことか——だけど不可能ではありません。

とうとう辿り着いたアルターの不死身を封じる術に、私だけではなく、ナイジェルやドグラスの顔も明るさを取り戻しました。

「ありがとう。この礼はいつかするよ。すぐに王城に戻って、作戦の打ち合わせをしよう」

ナイジェルが立ち上がる。

もっとフィリップと話したいですが……そんなことをしている猶予は、私達にはありません。

フィリップの前を去ろうとすると、

「じゃあ、またあとでな」


彼はぼそっと、そう言いました。

「え？」

「いや——なんでもない。独り言だ」

そう言って、フィリップは視線を外してしまいます。

一体、なんだったんでしょうか？

不思議に思いましたが、それを問いただしている時間はなく、私達は精霊の森を去りました。

リンチギハムの王城に戻り、軽い食事をとりつつ、私達は作戦の打ち合わせをしました。

作戦内容は単純。

まず、二手に分かれます。

片方は私とファーヴ。二人でアルターと対峙《たいじ》し、足止めをします。

そしてその間にもう一つのチームであるナイジェルとドグラスが、竜島に宝玉を設置。

宝玉の効果を発動させ、アルターの不死身の力を封じる。

その上でアルターを倒してコアを取り出し、シルヴィさんを救う足がかりとする――というようなものです。

さらに一度目では出来なかった、ある秘策を用意しました。

それがあれば、ナイジェル達がそうそう苦戦することはないはずです。

「準備も出来ましたし、すぐに竜島へ向かいましょう」

「そうだな。タイムリミットは刻一刻と迫っている」

空には橙色《だいだいいろ》の美しい彩りが広がり、夕焼けの光景を織りなしています。

今すぐ向かえば、夜になる頃には竜島に辿り着けるでしょう。

私達が覚悟を決めて、歩き出そうとすると、

「待ってくれ」

と急にドグラスが声を発しました。

私達は反射的に振り向く。

するとドグラスは真剣な表情で、

「ファフニール──一度、手合わせをしてもらってもいいか？」

ファーヴにそう問いかけました。

「ドグラス」

窘めるような口調で、ナイジェルが一度名前を呼びます。

「分かっている。そんな場合でもない……と。だが、我はただヤツと喧嘩《けんか》がしたいわけではない」

しかしドグラスは不遜な態度で腕を組むのみ。

「気になっているのだ。ファフニールの『弱くなっている』、アルターの『半人』という言葉──最初は耳を傾けなかった。なにかの間違いだ……と。しかし一度目、我はアルターに敗北してしまった。その傲慢さが負けに繋がったと思うのだ。だから我は……」

ぐっと拳を握るドグラス。

その表情は悔しさに満ちているようでした。

自らの強さに誇りを持つドグラスにとって、自分の弱さを認めることは、なによりの屈辱なのでしょう。

だけどドグラスは悔しさを押し込め、戦いのために自分と向き合った。

「二百年前からファフニールとは、何度も手合わせをしたことがある。ゆえに我のことはファフニールが一番よく分かっているだろう。戦いの中で、我が弱くなった理由を探ってほしい。そう時間は取らせない」

「俺は別にいいが……」

ファーヴは探るように、私の顔を見ます。

期限は刻一刻と迫ってきている。

一度目には、ドグラスがこんなことを言い出すことはなかった。

これが今後にどう関係するのか、私には見定められませんでした。

だけど。

「分かりました。少しだけですよ？」

一度目――ファーヴが自らの命を犠牲にした時、ドグラスは寂しそうな表情を見せました。

あの表情が頭に焼きついて、離れません。

もしかしたら、二人はもっと話し合うべきだったかもしれない。

だけど悠長に話し合っている時間は残されていません。

それにドラゴンである二人は、戦いあうことがなによりの対話となるでしょう。

だから私はドグラスの頼みに、首を縦に振りました。

「礼を言う」

ドグラスにしては珍しく、私にそう恭しく頭を下げます。

「手合わせとなったら、俺は手加減をしないぞ？」

ファーヴも表情を険しいものとして、ドグラスに問います。

「問題ない。手合わせとなったら本気だ。我も負けるつもりはない。それに汝には言いたいことがある」

ニヤリと口角を吊《つ》り上《あ》げるドグラスの意識は、もう戦いに向いているように見えました。


「お前の本気はこの程度か!」

ファーヴの発破をかける声。

剣と剣がぶつかりあう音。

私とナイジェルが見守る中、ドグラスとファーヴの間で激しい剣戟《けんげき》が繰り広げられています。

『剣』とはいったものの、真剣ではなく、模擬戦用の木剣です。

いくら私の治癒魔法があるとはいえ、アルターに挑む前だというのに、大怪我《おおけが》を負ってしまっては本末転倒ですからね。

「まだだっ!」

ドグラスはファーヴの剣に応えます。

怒りを発散させるかのごとく、ファーヴにぶつかります。

でも。

「ドグラスが押されてるね……」

「はい」

意外にも――いや、やはりと言うべきでしょうか――戦いはドグラスの劣勢でした。

ドグラスの剛力をもってしても、ファーヴはそれを軽くいなしてしまう。

押されていることにはドグラスも気付いているのか、負けじと剣を振るいます。

徐々に差が開いていくのにしたがって、ドグラスの動きが鈍ります。

しかしドグラスは表情に焦りの一片すら見せずに、猛然とファーヴに立ち向かっていきました。

「エリアーヌは言っていた――汝は最後、追い詰められた時に自らの命を捨てた……と」

ドグラスとファーヴの剣がぶつかる。

鍔迫《つばぜ》り合《あ》いが起き、ドグラスの顔がファーヴに迫ります。

「そうみたいだな」

「汝はそれを体験していないから分からぬかもしれぬが――もしそんな状況になった場合、同じことをするつもりか？　自分の命を捨ててでも、我らを助ける……と」

ドグラスの言葉に少し考えてから、ファーヴは口を動かします。

「俺は……なにを犠牲にしてでも、シルヴィを助けるつもりだった」

ファーヴが胸の内を明かす。

心からの渇望。

真っ直ぐな言葉を、ドグラスも黙って受け止めます。

「これは俺の罪だ。シルヴィを助けることが出来れば、俺はどんな償いでもするつもりだった」

「口先だけならいくらでも言える！」

「その通りだな。だが――だからこそ、シルヴィを助けられる可能性が潰《つい》え、君達が死にそうになった時……どんな手段を用いてでも、君達を逃そうとするだろう。それを償いの一部にする」

それは一度目でも、ファーヴが言っていた言葉でした。

ファーヴは真っ直ぐな男のように思えます。

そんな彼にとって、自分の願望を叶《かな》えるため、私達に嘘を吐く――どれほどの痛みがあったでしょうか。

「自分勝手なことを言うな」

「自分勝手なこと？」

ファーヴの眉間に皺《しわ》が刻まれます。

「二百年前もそうだ。我がどうして、汝に怒っているのか分かるか？」

「それは……俺が自分の欲望のために、同族達を黄金に変えてしまったと思っていたからだろう？」

「違う！」

ドグラスは叫び、力任せにファーヴを押します。

体勢を一瞬崩すファーヴ。

ドグラスは彼に追い討ちをかけるどころか、剣先を突きつけてこう言い放ちました。

「お、お前がなにも語らぬからだ！」

王城に響き渡るような大きな声。

天まで突き抜けんばかりの叫びに、ファーヴの動きが止まります。

「どうして！　我に相談しなかった！　二百年前も喋れば良かったではないか！　恋人のこと――そして長命竜との対立のこと！　そうすれば、我だって汝を助けていた！」

「俺の想いなど、お前には分からぬ！」

ファーヴが地面を蹴り上げます。

一瞬姿が消失したかと思うと、次の瞬間にはドグラスの前に現れ、再び激しい剣戟が始まりました。

「俺の方こそ問う！　どうして、俺の想いを分かってくれないのだ！　お前は大事な友だ！　だからこそ、友を巻き込みたくなかった！　お前と一緒でも、アルターには敵《かな》わなかった！　俺一人で解決するしかなかったんだ！」

「この自信過剰め！　その傲慢さのせいで、二百年前にも汝はアルターの前で膝を突いたのだ！」

今までの洗練された二人の動きは、まるで子どもの喧嘩のように変わっていました。

お互い、剣に感情を乗せ、本音を吐露しながら力いっぱいに振るいます。

「そして二百年の時を挟み、結局我らを巻き込んだ！」

「そのことは、すまなく思っている！　だからこれが終わったら、どんな償いでも……」

「違う違う違う！　我が汝に言ってほしい言葉は、そうではない！　感情をぶつけろ！　汝が言うべき言葉は謝罪ではない！　心から叫べ！」

ドグラスの言葉に呼応し、ファーヴは表情を引き締めます。

一旦、二人の間の距離が空く。

「ならば言う！」

ファーヴは一度すーっと大きく息を吸い、ドグラスに向かって駆け出す――っ！


「俺を助けてくれっ！　ドグラス！」


その懇願の一言とは裏腹に。

今まで見た中で最高の一撃が、ドグラスに放たれます。

叩きつけられた一撃をドグラスは受け止めますが、勢いに負け、その右手から剣が離れました。

クルクルと宙を回転し、地面に突き刺さる剣。

「……負けか」

ドグラスは自分の敗北を認め、地面で大の字になりました。

「ようやく言いおったではないか。その言葉を待っていた」

「……ドグラス。あらためて言う。俺を助けてくれ。俺一人ではシルヴィを救えなかった。俺にはお前の力が必要だ」

「任せろ」

少年のような笑みを浮かべるドグラス。

一方、泣きそうなファーヴの顔。

表情だけを一見すると、どちらが勝者なのか分かりません。

「もしかしたら、二百年前からファーヴは心の中で、ずっと叫び続けていたのかもしれないね。ドグラスに、助けてくれ――って」

「そうですね」

ナイジェルの言葉に、私は頷きます。

二百年前、過去のドグラスが竜島に向かうことになったきっかけは、ファーヴの夢を見たからだと言っていました。

もしかしたらそれも、ファーヴの強い想いが届いた結果かもしれません。

「ファフニール、我は弱くなっているか？」

ドグラスがファーヴにそう問いかけます。

「……そうだな。動きは昔と比べて洗練されていたが、ドラゴンとしての力強さがない。しかし再度、お前と剣を交えて、分かったことが一つある」

「それはなんだ？」

ドグラスが続けて教えを請うと、ファーヴは意味深な表情をして語り始めました。

「これは仮定なんだが――この国に来てから、お前は人間の姿でいることが多いのではないか？」

「正解だ。市街でドラゴンの姿になっては、無用な騒ぎを生むからな。最初は嫌々だったが……今では、この姿の方が好ましいとすら思っているよ」

「それがお前の弱くなった理由だ。人の姿でいる時間が長すぎて、ドラゴンの血が薄まっている。ドラゴンにとって、己が血は力の源だ。おそらく、一度目のアルターがお前を見て『半人』と言ったのも、それが理由だと思う」

聞こえてくる言葉に、私とナイジェルもお互いに顔を見合わせて、言葉を失います。

私達では思い至らないことでした。

ですが、ドグラスの本来の姿はドラゴン。

それを魔力で無理やり人の形に変えるわけですから、なんのリスクもないと考える方が不自然だったかもしれません。

「なら、我はどうすればいい？」

ドグラスが問いを飛ばします。

「そうだな……強力なドラゴンの血を直接体内に取り込む必要がある。ドラゴンの血は豊潤な魔力で満たされているからな。俺のもので事足りればそれでよかったのだが、まだ足りない。もっと強いドラゴンの血を摂取するのが必須だ」

「しかしそれをしているだけの時間はない……ということだな」

「ああ」

「…………」

ファーヴの言葉に、ドグラスは考え込みます。

ドグラスが弱くなった理由については判明しましたが、根本的な解決にはなりませんでした。

だけど――それ以上の収穫がありました。

ドグラスのすっきりした顔を見ていると、私はそう感じます。

「……分かった。助かる。では――行くとするか。エリアーヌとナイジェルにも、無駄な時間を取らせてしまったな」

「大丈夫だよ」

「そんなことよりお怪我はありませんか？」

「怪我？　このような児戯で、我が怪我をするはずがないだろう！　ガハハ！」

勢いよく立ち上がり、豪快に笑うドグラス。

私は彼の元気そうな姿を見て、ほっと安堵《あんど》の息を吐きます。

「ファフニール――いや、ファーヴ、頼りにしているぞ」

「それは俺も同じだ」

そう言って、ドグラスとファーヴは拳を突き合わせました。

第五話

私はドラゴン化したドグラスの背に乗り、竜島《りゅうじま》に再び踏み入りました。

辺りはすっかり夜になっています。

生い茂る木々のせいもあって、視界は一度目の時よりさらに悪くなっていますが、贅沢《ぜいたく》を言っている場合ではありません。

「ドグラスとナイジェルは大丈夫だろうか」

シルヴィさんの形をした黄金のもとへ向かう道中。

ファーヴはそう話しかけてきました。

「ええ、二人ならきっと上手《うま》くやってくれるはずです」

竜島に到着して、私達はすぐに予定通り二手に分かれました。

私とファーヴはアルターのところに。

ナイジェルとドグラスは宝玉を仕掛けるために。

このまま誰にも気付かれず、宝玉を設置し終えるのが一番いいんですが……それはあまり期待しない方がいいでしょう。

きっと、途中で邪魔が入るはず。

「そうか。君は二人のことを信頼しているんだな」

「あなたはそうではないんですか？」

「いや——俺も君と同じだ」

そう言うファーヴの横顔には、不安という感情が一切入り込んでいません。

一度目では見られなかった彼の表情。

これも最善を尽くしたという自信の表れでしょうか。

「……君は俺をまだ信じてくれるのか？」

ぽつりと。

ファーヴが一言、そう声を漏らしました。

「急にどうされたんですか？」

「いや……俺が君達に嘘《うそ》を吐《つ》いたことは事実だ。俺が君達の立場なら信じないだろう。それなのに……どうしてまだ、『信じる』と言ってくれるんだと思ってな」

「うーん、難しい質問ですね」

口元に人差し指を当て、一頻《ひとしき》り考える。

今まで、裏切られた経験がなかったというわけではありません。

クロードの婚約者として尽くしてきたのに、裏切られて、追放されたのが良《い》い例ですね。

だけど私は信じることは力——その言葉を信じている。

「きっと理由なんてないと思うんです」

「ない？」

「はい。あなたを信じていいと、私が信じた。そして、私はあなたを信じたい——そんな答えではダメでしょうか？」

そう言うと、ファーヴは一瞬虚をつかれた表情。

しかしすぐに表情を柔らかくして。

「ふっ——やっぱり、君は面白い。ドグラスが君のことを気に入っているのが頷《うなず》けるよ」

「褒めてくれているんですよね？」

「無論だ。俺を信じるということに、一点の曇りもない。シルヴィもそうだった。君達が女神に聖女として選ばれたのは、それが理由かもしれないな」

——そんな会話を交わしながら、私達は島の奥へ奥へと進んでいきます。

やがて一度目と同様、大木がある場所まで辿《たど》り着《つ》きました。

そして木や枝に絡まるようにして、シルヴィさんの形をした黄金が。

「おい——長命竜《ちょうめいりゅう》アルター」

ファーヴは呼びかけます。

「もう気付いているんだろう？　聖女を連れてきた。姿を現せ」

敵意が込められたファーヴの声。

当初、しばらく反応がなかった。

やがて耳障りな声が聞こえてきて、

「不可解だ。儂《わし》と貴様は協力関係にあるのではないか？　どうして、そのように殺気を滾《たぎ》らせている」


なにもない上空に、突如漆黒のドラゴンが現れました。

全長が分からないほどの巨軀《きょく》。

長命竜アルターです。

「お前とは袂《たもと》を分かった」

そう言って、ファーヴは両手に双剣を顕現させます。

それに対して、アルターは声の調子を変えずに。

「……なるほどな。人質は、ただの黄金の塊だと看破しておるのか。餌としては下等だったか」

アルターが体をくねらせ、赤き血潮のような眼球がギョロッと私達を見据えます。

「その上で問おう。既に真実を知っているのに、どうして貴様はわざわざ聖女をここに導いた？」

「お前を倒すためだ。お前の狙いは全て分かっている」

ファーヴがそう告げると、アルターがくぐもった笑いを零《こぼ》します。

「くっくっく……儂を倒すだと？　たかが一ドラゴンの貴様が？　儂の前に手も足も出なかった過去を忘れたか」

そしてアルターは空に視線を向ける。

「……なにをするかと思い好奇心で傍観しておったが、他にも島の中に虫が紛れ込んでおるようだ。これ以上は許さぬ」

次の瞬間。

島のいたるところで、新たな魔力が現れたのを感知します。

悲鳴のような雄叫《おたけ》びが上がり、地が震えます。

アンデッドドラゴンが、この地に召喚されたのでしょう。

『ドグラス！』

念話でドグラスに私は問いかけます。

『そちらはどうなっていますか？』

『うむ、アンデッドドラゴンが湧いてきおったわ。だが——問題ない。ナイジェルも冷静だ』

ドグラスから答えが返ってきます。

『当初の予定通りだ。お互いのやるべきことをしよう。汝《なんじ》らは汝らで、アルターの足止めをしてくれ』

『分かりました』

そう言葉を返して、私は念話を切ります。

「ファフニールはともかく——聖女には奇妙さすら感じるな。どうして、取り乱さない？　ファフニールから儂のことを聞いておったか？　だとしても貴様の反応には違和感が残る」


——だってこれが二度目ですからね！

声に出さずに心の中で返答し、アルターを見上げます。

「まあいい。なんにせよ、聖女の身柄を無理やり拘束するだけだ。降伏すれば、今なら穏便に済ませてやるが？」

「いいえ、結構です。それに……ファーヴとは違い、あなたは信用出来ません」

「貴様を騙《だま》したファフニールと儂は違うと言うか。面白い。当初の予定とは少し違ったが、儂が直々に〝真の聖女〟の力を試そう」

アルターは両翼を上下に動かす。

それだけで暴風が発生しました。私はすぐに結界を張ります。

さあ、再戦です。

◆　◆

「次から次へと湧いてきよるな」

上空で羽ばたいているアンデッドドラゴンを見据え、ドグラスはそう声を発した。

一度目では——とはいえ、ドグラスはそのことを知らないが——苦戦を強いられ、時間を消費させられたアンデッドドラゴンである。

しかし今のドグラスの顔には焦りの色はなかった。

雑魚どもを眺め、どう料理をしようかと考える捕食者のそれである。

「ドグラス、油断しちゃいけないよ」

隣に立つナイジェルが窘《たしな》める。

「無論だ。慢心はしておらぬ。そのために、我々は戦いの準備をした」

そう言って、ドグラスがその剣を掲げる。

刀身部分が水晶のように透き通っており、一見、戦闘用というより観賞用の剣である。

だが、これがそのような生ぬるいものではないことを、ドグラスとナイジェルは知っている。

「まずは小手調べだ――っ！」

ドグラスが地面を蹴り上げ、跳躍。

アンデッドドラゴンに剣の一撃をくらわす。

一閃《いっせん》されたアンデッドドラゴンが、断末魔を上げて地に堕《お》ちる。斬られた部分が溶け、再生することはない。

「ガハハ！　さすがは聖属性の魔法が付与された剣。アンデッドドラゴンが、面白いように溶けていきよるわい」

ドグラスは肩で剣を背負い、そう高らかに笑った。

――竜島にはアンデッドドラゴンがいる。

リンチギハムを発《た》つ前、エリアーヌにはそう教えられていた。

一度目のドグラス達はそれを知らず、ろくな準備もせずにアンデッドドラゴンと戦うことになった。

しかし二度目の今では、アルターのしもべがアンデッドドラゴンであることが分かっている。

そこでアンデッド系の魔物やドラゴンに効果がある聖魔法を、エリアーヌが剣に付与したというわけだ。

「エリアーヌが付与してくれたものだから、効果のほどは疑ってなかったけど……こうして目にすると、彼女のすごさにあらためて気付かされるね」

とナイジェルも絶賛する。

竜島に向かうまでの僅かな時間。

本来なら、腕利きの魔法使いが多大な時間を消費しても、なお届かないといった代物であったが、エリアーヌは一瞬で用意してみせた。

彼女の力は、ドグラスも舌を巻くほどである。

「さあ——ナイジェル、やるぞ。まずはこいつらだ」

そう言って、ドグラスは再び剣を構える。

ナイジェルもそれに続いた。

(本当なら聖水を空から散布したかったが——空はアルターが目を光らせておる。ベルカイム王国の時のようにはいかないだろう)

考えながら、空を飛ぶアンデッドドラゴンをドグラス達は駆逐していく。

彼らを前に、アンデッドドラゴンはなすすべがなかった。

◆

◆

私達は不死身のドラゴン——アルターを前にして、苦戦を強いられていました。

何度ファーヴが斬りつけ、アルターは絶命したことでしょう。

しかしそのたびにアルターは蘇《よみがえ》り、私達に恐怖を与えました。

「やはり違和感があるな」

アルターが一度攻撃の手を緩め、ギョロッと鋭い眼光を私に向けます。

「さては〝真の聖女〟よ——貴様、二、、、度目だな?」

一瞬心臓の鼓動が跳ね上がりますが、私は冷静にこう返します。

「どういう意味か分かりません」

「とぼけるな。時の聖女の力は分かっておる。時を戻す能力は最後まで開花しなかったが——なるほど、なるほど。一度目で貴様は儂に負け、聖女の力で時を遡ったといったところか?」

私が答えなくても、アルターは全てを理解しているかのように語ります。

その日は全てを見通す神の力を秘めているようにも感じました。

「黄金の息――不死身――儂の力を披露しても、まるで見るのは二度目かのように対処していたゆえに違和感があったが……そうか、そうか。ならば、もう隠す必要もあるまい。時の聖女は時の牢《ろう》獄《ごく》にいる。そこからヤツの力の一部を吸い上げ、儂は不死身の体を得た」

「やはり、そうだったか……！」

ファーヴの目に灯《とも》っていた希望の光が、さらにその輝きを強いものとします。

「貴様らでは儂に勝てぬ。儂の不死身の力は絶対だ。たとえ時の聖女が生きていたと分かっても、どうする？　――ファフニールよ。儂を倒してコアを取り出さねば時の牢獄は開けられぬし、仮に中に入ったとしても彼女を見つけ出せる可能性は極小だ」

「それでもいい。可能性が少しでも残っているなら、俺は前に進むだけだ」

「そうか。ならば僅かに残っている希望も、儂が摘もう」

アルターの周りの魔力が奔流します。

「十連撃だ。防いでみせよ」

大口が開かれます。

視線で侮蔑するように、アルターが笑う。

決してブラフではありません。

一撃必殺の黄金のブレスを、十連撃で放とうとしているのです。

私はすぐさまファーヴの前に十重もの結界を張り、攻撃に備えます。

そして――十発もの死が迫り来る。

一枚――二枚――。

次から次へと結界が割れていきます。

八発目までは問題なく耐えられましたが――九発目、とうとう耐えられず、当たった瞬間に九枚目の結界が破裂してしまいます。

「いけませんっ！」

私は思わず声を上げます。

九発目のブレスは結界に当たったというのに、その勢いは止《とど》まることがありません。

そのまま十枚目の結界と相殺。

しかし最後の十発目の攻撃が残っています。黄金のブレスがファーヴに向かっていきます。

すぐにファーヴは回避行動を取り、その場から逃れようと――。


「ギリギリ間に合ったか」


次の瞬間。

光の雷が横に伸び、黄金のブレスに当たり――相殺されます。

私は光の雷が放たれた方向を、咄嗟《とっさ》に見ます。

「フィリップ！」

宙に浮き――。

そこには精霊王フィリップが手をかざし、アルターに対峙《たいじ》していたのです。

「すまないな。こちらもこちらで、すぐに森を出るわけにはいかなかった。そのせいで駆けつけるのがギリギリになってしまった」

「謝る必要はありません――そんなことより、どうしてあなたが？　来るとしても、どうして私に一声かけてくれなかったんですか？」

私が問いかけると、フィリップは「ふっ」と薄く笑いを零しました。

「驚かせようと思ってな。良いサプライズだっただろう？」

「サプライズが過ぎます！」

思わず大きな声を出してしまいましたが――これもフィリップなりの気遣いでしょう。

行くと言われれば、必ず私に止められると思ったから。

それでも窮地に駆けつけてくれたフィリップに、私は感謝の念を抱きました。

「さあて――ゆっくり喋《しゃべ》っている場合でもなさそうだ！」

フィリップが手をかざします。

魔力が集中――天から光の落雷がアルターに降り注ぎます。

「精霊……か。なかなかの魔力だ。精霊と殺し合うのは、いつのことだったか。だが、残念だったな。まだ届かない」

フィリップの攻撃は全て命中しますが、途端にアルターの体が再生を始めます。

やはり――フィリップの一撃でも、アルターの不死身の力を崩すことが出来ません。

「まずは精霊から始末を――ん?」

アルターが怪訝《けげん》そうな声を出す。

「結界にはこういう使い方もあるんですよ?」

私は挑発の意を込めて、そう言います。

――フィリップが魔法を放っている間に、いつでも結界を張れるように準備していました。

結界の発生場所は、アルターの周り。

アルターを囲むようにして張った結界は、そのまま彼を閉じ込める牢獄になります。

「頭も回るようだ。これほどまでに、血湧き肉躍る瞬間は初めてかもしれぬ。悠久の時を過ごし、戦いに飽きたと思っていたが――儂もやはりドラゴンだ。強者との戦いは面白い」

尾を振り回すアルター。

結界を薙《な》ぎ払《はら》います。

「外側からの攻撃に結界は滅法強いが、内側からの衝撃についてはその限りではない。このようなもの、僅かな時間稼ぎにしかならぬのだ」

解き放たれる漆黒の災厄、アルター。

ですが、こうなることは織り込み済み——すぐさま一発の弾丸と化したファーヴが、アルターに向かっていきます。

「何度やろうと無駄だ。まだ分からぬか」

アルターが黄金のブレスを吐く。

ファーヴの前に張った結界が壊れますが、彼はそれを意に介さずアルターに剣を撃ち込もうとし、

——九十度、方向転換。


迎え撃つアルターの一撃を避《よ》け、ファーヴは近くの木の枝に着地しました。

「ちょこざいな真似《まね》をしよる」

そう言うアルターは、明らかに苛《いら》ついているようでした。

「何故《なぜ》、ドラゴンの姿に戻らない。ドラゴンとしての誇りを捨て、人に尻尾を振ったか？　ドラゴンの姿となれば、少しは儂に傷を付けられるかもしれぬぞ」

「決まっている。今、お前を倒すつもりがないからだ」

とファーヴが返答します。

「絶望を前にして、儂に勝つことを諦めたか？」

「違う。俺達の狙いは別にある。確かに、ドラゴンの姿になった方が攻撃の力は増すかもな。だ

が、俺はこっちの方が戦いやすい。お前の攻撃が避けやすいゆえに」

そう――。

いくらアルターに致命傷を与えようとも、不死身の体の前には無意味なことを、私達は事前に知っていました。

今、私達がすべきことは、アルターを倒すことではありません。

時間稼ぎをすること。

そうすれば――。


「エリアーヌ！」


上空から声。

夜空にはもう一体のドラゴンが現れました。

赤きドラゴン――ドグラス。

そしてその背中にはナイジェルが乗り、私に声を張り上げます。

「アンデッドドラゴンは全て倒し、宝玉は設置し終わった！　今だ！」

「はい！」

私は目を瞑《つぶ》り、集中する。

私達がすべきこと――ナイジェル達が宝玉を設置し、合流してくるまでの時間稼ぎ。

それが実を結び、不死身の力を封じる準備が整ったのです。

「――発動」

一言そう告げると、竜島全体が光に包まれ、オーロラが夜空を彩りました。


「これは――っ⁉」

アルターも異変に気付いたのか、驚愕《きょうがく》の声を発します。

その顔には、ここにきて初めて焦りの色が浮かんでいます。

「時の聖女の力が遠ざかっていく――っ。まさか貴様ら、時の聖女の力を封じる手段を見つけていたのか⁉」

「ご名答です」

勝利を確信し、私はアルターに微笑《ほほえ》みました。

立ち上った光はアルターに集結し、体を優しく包みます。

そして光が消失した頃には、今まで彼が纏《まと》っていた『絶望』の空気もすっかりなくなっていました。

「成功か⁉」

ドグラスは大地に足を着け、ナイジェルを降ろしてから、人の姿に戻ります。

アルターの不死身の力を封じた。

これなら――。

「くっくっく……」


堪えきれないといった感じで。

アルターの口から、くぐもった笑い声が漏れていました。

「なんの準備もなしに、もう一度儂に挑むという愚かな真似はせんか。驚いた。儂がどれだけ探しても見つからなかった力の封印方法を、まさか貴様らが知り得ていたとは」

――精霊よ、貴様の入れ知恵か？

そう言わんばかりに、アルターの巨大な瞳がフィリップに向きます。

「だが……それも時間の問題だ。おそらく、この島になにかを仕掛けたのだろう？　いたるところから魔力の発生を感じる。それを潰せば、儂の不死身の力は蘇る」

「それを俺達が許すと思うか？」

ファーヴが地面に着地し、剣を構えます。

彼だけではありません。

ナイジェルとドグラス、フィリップ――そして私も、アルターが変な動きをしないか、目を配ります。

「……一つ、貴様らが忘れていることがある」

アルターの眼光が私達に降り注ぐ。

それは見ているものを圧倒し、恐怖を抱かせるものでした。

「二百年前——儂は不死身の力を有していなかった。しかしそれでも、竜島を統治していた。どうして出来ていたか分かるか？　儂がどのドラゴンよりも強かったからだ」

殺気が爆発し、アルターは告げる。


「不死身など不要っ！　ここからは純粋な力で、貴様らを叩《たた》きのめしてやろう！」


怒りの一声だけで、地面が震える。

アルターの纏っている空気が様変わりします。

賢者のような聡明《そうめい》さはなりを潜め、雄々しきドラゴンの獰猛《どうもう》さが顔を出しました。

「みんな、もうひと頑張りだ！」

ナイジェルがみんなを鼓舞します。

みなさんは一様に頷き、アルターに立ち向かっていきました。


「————ッ！　————」

声にもならない、悲鳴のような慟哭《どうこく》。

なりふり構わなくなったアルターは時に巨尾《きょび》を振り回し、時に黄金のブレスも吐き、私達を蹂躙《じゅうりん》しようとします。

「くっ……一筋縄ではいかぬようだ」

ドグラスが戦いながら、声を上げます。

不死身ではなくなったとはいえ、アルターの強大な力の前に、私達は完全に押されています。

今度は私に焦りが生まれます。

――やっぱりダメなんですか？

――また私は間違ってしまった？

すぐに考えを頭から振り払いますが、それで戦いに勝てるほど甘くはありません。

「ファーヴ！　危ない！」

ファーヴの目の前に、アルターの振った巨尾が迫ります。

結界魔法を即座に張――いえ、間に合いません⁉　結界は張る途中で壊され、巨尾はぐんぐんとファーヴに接近していきます。

巨尾の先っぽは鋭く、死の予感を抱かせるものでした。

当たる寸前――ファーヴの前に人影が現れます。

「ドグラス！」


ドグラスが割って入り、アルターの巨尾を受け止めたのです。

しかし両腕で巨尾を受け止めたわけではありません。

巨尾は、ドグラスの胸元を貫いていました。

「ぐっ……！」

ドグラスが血を吐き、苦悶《くもん》の表情を浮かべるのが、地上からでも分かりました。

「ドグラス……っ！　俺をかばったのか⁉　そんなことをする必要なんてなかった！　死ぬのは俺で十分──」

「かばった？　なにを言っている」

ドグラスが顔をファーヴに向けます。

「これも我の計算通りだ。最後に勝つのは『正義』と相場が決まっているものでな」

そう言って、次の瞬間、ドグラスは信じられないような行動に出ました。


アルターの巨尾に歯を突き立てたのです。


巨尾から僅かな血が滴り落ちます。

「ふっ……どうしようもなくなって、原始的な攻撃か？　バカか。そのような攻撃、儂にとっては虫に刺されたようなものだ」

「汝にとってはそうだろうな。しかし――血はい、い、飲ませい、てもい、らい、っい、たい、ぞ」

『強力なドラゴンの血を直接体内に取り込む必要がある』

リンチギハムを発つ前。

ドグラスの体に流れるドラゴンとしての血が薄まっていることに気付き、ファーヴはそう告げました。

「まあ……本当に上手くいくかは、一種の賭けだったがな。一歩間違えればただでは済まん。だが、命懸けのギャンブルは、どうやら我に軍配が上がったようだ。汝の血は旨《うま》いぞ」

ドグラスの体にアルターの濃密な血が流れ込むと、瞬く間に彼の周囲が眩《まばゆ》い白光に包まれました。

光は猛烈な速さでドグラスの体に浸透し、魔力の渦となって体内を駆け巡ります。

そして光が落ち着き始めると、中から変貌したドグラスの姿が現れました。

その姿は、彼の新たな力と存在を象徴するかのように――圧倒的なオーラを放っています。

「ほお……力がみなぎる。これが本来の我の力か」

ドグラスはそう言って、手刀をアルターの巨尾に落とします。

まるで柔らかい野菜に包丁を通すかのごとく、あっさりと巨尾は切断されました。

「――――――ッッッッ！」

悲鳴を上げるアルター。

ドグラスは宙に浮いたまま、胸元を貫いていた巨尾の残骸に手を当てます。それだけで巨尾は消滅し、彼の体の傷も癒えていきました。

「ドグラス、その姿は……？」

ファーヴが震えた声で、ドグラスに問いかけます。

「ああ？　今の我の姿はいつもと違うのか？　ここに鏡があったら、見ておきたかったな」

ドグラスは自分の両手を交互に見つめ、そう答えます。

竜と人が融合したような――。

その姿を見て、私はそんな感想を抱きます。

人間らしい姿を基盤にしながら、雄大なドラゴンを形取るかのようなフォルム。

ドグラスが軽く手を上げると、そこに槍《やり》が顕現されます。

勇敢に前を向き、誰も後ろに進ませず、彼の背中からはみんなを守るという強い意志が伝わってきました。

――竜の騎士。

続けて、そんな言葉が頭に浮かびます。

「今なら誰にも負ける気がせん――行くぞ、ファーヴ。フィナーレだ」

「ああ」

ファーヴも呼応するように、双剣を構えます。

さすがのアルターも危機を感じ取ったのか。

身をくねらせ、その場から逃げようとします。

しかし。

「許しません！」

「……聖女よっ！　儂の邪魔をするなあああああああ！」

すかさず、私はアルターの周りに結界を張ります。

アルターは暴れ、結界をすぐに破壊。

だけどその一瞬の足止めは、勝利の一撃を放つまでには十分すぎる時間でした。

「アルターよ――汝は弱き者だった」

「儂が弱い……だと⁉　減らず口は死んでから言えええええええええ！」

瞳に焦燥感の色を濃く滲《にじ》ませ、アルターは黄金のブレスを吐きます。

怒りの一声と共に放たれた息は、今まで以上の威力のもの。

私が結界魔法で防ごうとすると――、

「いらぬ」

ドグラスはそれを手で制して、短く告げます。

彼はそのまま軽く槍を前に突き出しました。

大気を切り、脅威を滅する。

迫り来る黄金のブレスに風穴が空き、霧散して消滅します。

「まあ、力だけならまああだったと褒めてやろう。だが、それでは我の求める強き者には至らぬ」

ドグラスが攻撃の矛先をアルターに向け、流星が空を切るように突撃します。

その隣にはドグラスの友、ファーヴがいました。

ドグラスとファーヴはアルターの心臓部分を貫くように反対側に抜け、周囲にはアルターの断末魔が響きました。


「おつかれさまです」

戦いを勝利で終え。

私はドグラスに、そう労《ねぎら》いの声をかけました。

「おう」

ドグラスは槍を握ったまま、軽く右手を上げて応えます。

「怪我《けが》はされていませんか？」

「怪我？　負っていたかもしれぬが、この姿になったら全て癒えた。これはいいぞ。力がみなぎる。なんなら、エリアーヌにも体験して――ん？」

ドグラスが喋っていると、体が光を放ち、いつもの彼の姿に戻ってしまいました。

「むむっ……どうやら、この状態は長くは保てないようだ。せいぜい五分くらいが限界といったところか……」

ぶつぶつと呟《つぶや》くドグラス。

アルターを圧倒していたほどの強大な力だったとはいえ、ノーコストで使えるわけではなさそうです。

五分だけの最強形態。

だけどあれほどの強さの解放でしたから、時間制限があるのも納得です。

「それにしても……もし上手くいかなかったら、どうされるつもりだったんですか？　あの状況からでは、私の治癒魔法も効きませんよ」

「ん……？　どうだろうな。死んでたんじゃないだろうか？　あとのことは考えていなかった。まあ上手くいったから、いいではないか。ガハハ！」

「細かいことを考えないのが、あなたの悪い癖です」

だけど今回はドグラスが命懸けの賭けに勝ったおかげで、私達は助かりました。

だからこその最終手段。

ドグラスも最後の最後になるまで、アルターの血を喰《く》らうという手段は使わなかったわけですし。

「まさか半人《はんじん》にトドメを刺されるとはな。予想していなかった。半人なのに、これほどの力が出せるとは」


――ドグラスと言葉を交わしていると。

アルターが口を動かします。

現在、アルターの巨軀は地面に堕ち、横になっています。

苦しそうに声を発しているアルターからは、既に戦意を感じ取ることが出来ません。

アルターの命の灯火は、じきに消えることになるでしょう。

「半人なのに、これほどの力が出せたのではない。人と深く交流したからこそ、これほどの力が出せたんだ」

フィリップがアルターにそう言い放ちます。

「人とドラゴン――どちらが上とか下といったものはない。実際、古今ドラゴンより強い人間はいた。ドグラスはその両方の強さを併せ持った。だからこそ、お前は敗北したんだ」

「かっかっか！　そうかもしれぬな！」

戦いに負けたことによりアルターは吹っ切れたのか、快活に笑いました。

戦いを誰よりも尊ぶからこそ、負けた時には相手を認める。

ある意味、最後までドラゴンらしいドラゴンでした。

「それに……儂が負けたのは、その半人だけが理由ではない。二百年間、一人の人間を想《おも》い続けた変わり者のドラゴン――女神の加護に適合した者――精霊王――そして聖女。聖女の力は本物だ。やはり儂の見立て通り、貴様は〝真の聖女〟だ」

「……教えてくれるかな」

ナイジェルが一歩前に出て、アルターに問います。

「君はエリアーヌを〝真の聖女〟と呼んでいる。どういう意味で言っているんだい？　――それに疑問はまだある。世界を支配したいという願望がありながら、二百年間、君は特に大きな動きを見せなかった。それはどうして？」

「――そうだな。儂の命はまもなく尽きる。儂の最期を楽しい戦いで彩ってくれた褒美に、教えてやろう」

ゆっくりと、穏やかな口調でアルターは語り始めます。

「理由は三つある。一つは不死身の力を得るために、時間が必要だった。二つ目は魔王の脅威を警戒していた。しかしこの二つの理由は大したことがない。三つ目の理由に繋《つな》がるが――最後のピースがハマれば、どうとでもなるしな」

「その三つ目の理由とは？」

私が続きを促すと、アルターの目が好奇の色を浮かべて、再度こちらを向きました。

「三つ目の理由――それは本物の……〝真の聖女〟が生まれてくるのを待っていたからだ」

「〝真の聖女〟……それはつまり、私？」

と自分を指さします。

真の聖女と言われれば、ベルカイム王国を追放される時、クロードは私のことを『偽の聖女』と呼んでいました。

そしてレティシアは自分のことを『真の聖女』と。

しかしアルターの様子を見るに、そういう意味ではなさそうです。

もっと別の理由があるようで──。

「始まりの聖女を含め、今までの聖女は全て紛《まが》いもの！〝真の聖女〟が生まれるための布石にすぎなかった！　始まりの聖女は女神の声が聞こえていたという。しかし……今の貴様はもしや、女神の声が聞こえていないのでは？」

「はい」

「それは貴様が〝真の聖女〟として覚醒したきざしだ。〝真の聖女〟の意味──そして貴様に与えられた使命、それをよく考えておくんだな」

そこまで語って、アルターの体から光の粒子が立ち上ります。

消滅しようとしているのです。

最後だというのに、今のアルターは驚くほど穏やかな空気を纏っていました。

「待ってください！　あなたの言う〝真の聖女〟のことを、もっと詳しく教えてください！　私に与えられた使命とは──」

まだまだ疑問はありました。

しかし私の問いかけに答えず、アルターはそのままこの世から消えてしまったのです。

「ダメ……でした」

「言いたいことを好きに言いおって。最期まで自分勝手なヤツだった」

ドグラスもそう悪態を吐きます。

「だけど見てよ。ほら、この宝玉みたいなのがアルターのコアなんじゃないかな？」

アルターが消えた後。

地面に残されていた宝玉のようなものを拾い上げ、ナイジェルがみんなに掲げてみせました。

「ああ。間違いなく、アルターのコアだ」

ファーヴがそう答えます。

咄嗟にファーヴを見ると、彼は安心しきった表情を浮かべ、よろよろとした足取りでナイジェルに歩み寄りました。

「これが——時の牢獄に入るための鍵。ようやく、俺はシルヴィを迎えにいくことが出来る」

「うん。君が頑張ったおかげだよ。これは君が持つべきだ。渡しておくね」

ナイジェルがアルターのコアを、ファーヴに手渡します。

すると彼の体は全身の力が抜けたように、前のめりに倒れていきました。

「おっと」

その体をナイジェルが受け止めます。

「ファーヴ！　大丈夫でしょうか⁉」

「うん、大丈夫。息もしてるから。大方、安心して力が抜けたんじゃないかな？　それほど、彼はここまで追い詰められながら頑張ってきたんだろう」

そう言うナイジェルに支えられているファーヴの横顔を見ると、寝ている赤ん坊のようでした。

微《かす》かに、口から寝息のような音が漏れているのも聞こえます。

「おやすみなさい、ファーヴ」

私は微笑みを浮かべ、ファーヴ――恋人を思い続けた勇者の頭を撫《な》でてあげました。

エピローグ　あなたのための花冠

そこは深い暗闇だった。

いくら足を動かしても前に進んでいる気がしない。息を吸うだけで、肺には毒が流れ込んできた。

「シルヴィ……」

それでも――俺は彼女の名を呼びながら、足を動かす。

すると突如、前方に女性を形取った光が――。

「もしや――」

声を出すと、彼女――シルヴィは振り返ってくれた。

「ここにいたんだな！　君を迎えにきた！」

腕を伸ばして、叫ぶ。

走るが、何故《なぜ》だか彼女には近付けない。

焦る俺に、彼女は寂しい顔をして。

「……もう遅いのです。待ちくたびれてしまいました」

「え？」

「さようなら」

そう言って、彼女は離れていく。

「待ってくれ！　俺は君を――」

変わらず走り続けるが、やはり前に進めない。

遠ざかっていく彼女を、俺は見ていることしか出来ず――。

◆　◆

「シルヴィ！」

叫んで、上半身を起こす。

「ここは……リンチギハムの王城？」

見覚えのある室内だった。

どうやら、今の俺はベッドに寝かされているらしい。

窓から差し込む朝日が眩《まぶ》しかった。


「目が覚めましたか？」

声が聞こえそちらに顔を向けると、そこにはエリアーヌとドグラスの顔があった。

「悪い夢でも見ていたのか？　酷《ひど》い顔をしているぞ」

ドグラスが腕を組んで、呆《あき》れ気味に言う。

「一体、どうしてここに？　確か俺はアルターと戦い……」

「戦いには勝利しました。だけど戦いが終わってしばらくしたのち、あなたは疲れていたのか、気を失ったんですよ」

「眠っている汝《なんじ》をここまで連れてくるのは大変だったぞ。なにせ、エリアーヌとナイジェルに比べて汝は重いからな！　ガハハ！」

とドグラスが豪快に笑う。

口は悪いが、これも俺が気を遣わないようにするための彼なりの冗談だろう。その証拠に、ドグラスの声には嫌悪の類《たぐ》いが含まれていなかった。

記憶も鮮明になっていき、俺はあることを思い出す。

「そうだ！　アルターのコア！」

シルヴィは時の牢獄《ろうごく》の中にいる。

そのためにはアルターのコアが必要だった。

視界にアルターのコアらしきものが見当たらない。もしや俺は手放してしまったのか……？

「大丈夫ですよ」

エリアーヌがそう微笑《ほほえ》む。

「右手を」

「右手？　──ああ」

そこでようやく、俺は右手でなにかを摑《つか》んでいることに気付いた。

宝玉が握られていた。

竜島《りゅうじま》で見た、アルターのコアだ。

「なくしたりしては大変ですから、預かろうと思ったんですけれどね」

「だが、気を失いながらも、お前はそれを放さなかった。無理やり引《ひ》っ剝《ぺ》がそうとしても、強い力だったぞ」

エリアーヌとドグラスが説明してくれる。

俺はアルターのコアを胸元に当て、こう呟《つぶや》く。

「よかった……本当によかった」

もう、あんな悪夢を見ることはないと思ったから。

◆　◆

アルターのコアを大事そうに持ち、「よかった」と何度も呟くファーヴに、私はこう口にします。

「少し休憩したら、すぐにみんなで時の牢獄に向かいましょう。シルヴィさんを救い出してこその、ハッピーエンドです」

そういう意味では、私達の戦いはまだ終わっていないのかもしれません。

魔王とアルターも言っていました。

時の牢獄の中に入れても、シルヴィさんを見つけられるか分からない。仮に見つけたとしても、戻るのも至難――と。

もしかしたら、それはアルターと戦うより辛《つら》いことになるかも。

「………」

すぐにファーヴは「もちろんだ」と答えてくれると思いましたが、彼はなにも喋《しゃべ》りません。

「ファーヴ?」

「い、いや……すまない。考え事をしていた。そうだな、すぐにシルヴィを迎えにいかないと」

そう言うファーヴの瞳には、戦いに向かう力強さが宿っていました。

「しかし向かう前に、しばらく一人にさせてくれないか? さすがにここまで動きっぱなしで疲れた」

「はっ! 柔なヤツだな。我は元気だぞ!」

とドグラスが腰に手を当て、胸を張ります。

「まあまあ、ドグラス。ファーヴに無茶をさせてはいけませんよ。では、準備が出来たら、呼びにきてくださいね。私達は食堂にいますから」

「ああ」

ファーヴが頷《うなず》く。

それを見て、ドグラスと一緒に部屋を出ます。

ファーヴの視線は宝玉の神秘的な光に向けられている。

彼はなにかを決意したように、宝玉を強く握っていました。

それからしばらく経過したのち。

「エリアーヌ！　ナイジェル！」

ドグラスが慌ただしく、食堂に飛び込んできます。

「どうしたの？」

「ヤツがなかなか来ないと思って、部屋を見にいったのだ。するとこれが……」

すっとドグラスは一枚の手紙を差し出します。

それには、こう書かれていました。

『我が親友達へ
世話をかけた。
君達のおかげでアルターを倒し、シルヴィを救うための鍵を手に入れることが出来た。
いくら感謝の言葉を重ねても、伝え切れないだろう。
だが、戦いはまだ終わっていない。
これからシルヴィを救いに、時の牢獄に向かわなければならない。
しかしここから先は、帰ってこられるかも分からない戦いだ。

それでも優しい君達は、一緒についてきてくれるだろう。

ここから先は俺の戦いだ。

君達を巻き込むわけにはいかない。俺は一人でシルヴィを迎えにいく。

重ねて言う、世話になった。ありがとう。

願わくは、シルヴィと一緒にエリアーヌのご飯をまた食べさせてくれ。

ファーヴ』

「ファーヴの姿は既に部屋になかった！　ヤツめ……っ！　あれほど言ったのに、また一人で突っ走りおって。反省しておらぬのか！」

手紙をくしゃっと握りしめ、ドグラスが悔しそうな表情を見せます。

「そんな……」

「ファーヴにはまだ、僕達に対する申し訳なさが残っていたのかもしれないね」

とナイジェルも表情を暗くします。

「どうする？　ファーヴを追いかけるか？」

「だとしたら、一体どうやって？　時の牢獄に入るために、今まで奔走していたんだ。そう簡単に追いかけられるものとは思えないけど……」

ドグラスとナイジェルは、慌ただしく話し合っています。

「………………」

私はファーヴの心中を思いながら、一頻《ひとしき》り考える。

そして。

「祈りましょう――」

私はそう両手を握ります。

「もちろん、時の牢獄に入るための別の方法も探ります。時間はかかるかもしれませんけれどね」

「そうだね。なにもしないっていうのは、性に合わない。だけど祈るっていうのは……？」

「一度目――シルヴィさんには、ファーヴの想《おも》いが伝わっているようでした。なので祈りを捧《ささ》げれば、ほんの僅かでもファーヴの力になるでしょう。それに……私は思うんです」

寝室でのファーヴの表情――。

決意に満ちた顔をしていましたが、決して悲愴感はありませんでした。

それを思うと――。

「ここから先は無粋です」

「無粋？」

「ええ。だって、ファーヴは久しぶりに恋人と再会することになるんですよ？」

これは私の想像になるけれど――ファーヴは私達を心配しているわけでもなく、だからといって信頼していないわけでもありません。

ただただ、シルヴィさんと二人でいたいから。

「大丈夫。二人でなら、絶対に帰ってこられますよ」

二百年間、恋人のことを思い続けたファーヴの想い。

私は二人を思い、こう口にしました。

「きっと、二人っきりで積もる話もあると思うんです。恋人との大事なひと時――私達はお邪魔です」

◆　◆

そこは深い暗闇だった。

「夢と同じか……」

アルターのコアに魔力を注いだ、次の瞬間、闇が俺を包んでいた。

ここが時の牢獄だろう。微《かす》かに残っている牢獄の中での記憶が甦《よみがえ》ってくる。

「シルヴィを探さなければ……」

歩き出す。

意外と簡単に見つかるんじゃないか――そんな俺の安易な想像を打ち砕くかのごとく、夢と同じだった。

どれだけ足を進めても、景色は変わらない。

やがて、灼熱《しゃくねつ》が俺を襲う。

息をするだけで肺が焼ける。どうして俺は生きているのか――そんな当たり前のことが分からなくなるくらい、苦痛を感じた。

次に襲ったのは、身が凍えるような寒さだ。

寒さで手足が動かなくなる。だが、それでも無理やりに動かす。骨や血が凍るような感触。

熱さと寒さを乗り越えた先にあったのは、身の毛がよだつ不快感。

胃の中のものを全てぶちまけたら、どれほど気持ちいいだろうか。しかしそれは許されない。

頭の中を冷たい棒でかき乱されているような感覚。

全てを諦め、ここでくたばれば楽になるだろう。

しかし俺は必死に意識を繋《つな》ぎ止《と》めた。

「シルヴィ……っ！　俺はただ、君にもう一度会いたい」

頭に浮かぶのは愛《いと》おしい彼女の顔だ。

もう少しで彼女に会える。

会って、彼女と話がしたい。

とうとう地面もない暗闇の中で、俺は転んでしまう。

もう手足の感覚がない。俺は這《は》うように移動する。全てはシルヴィに会うために――。

どれだけの時間が経《た》っただろう。

一瞬だったのかもしれない。百年経ったかもしれない。

『――ファーヴ。頑張ってください』

自分が誰なのかも分からなくなった時――光が、天から降り注いだ。

「ああ――」

体が再生していく。

『君なら大丈夫』

『帰ってこないと、探し出して叩《たた》き潰《つぶ》すからな！』

続けて、大切な友たちの声が聞こえた。

「もしや……エリアーヌ達が？」

どういう仕組みで、ここまで力と声を届かせたのか分からない。

俺の勘違いかもしれない。

だが、確信する。彼女達が俺を見守ってくれているのだ。

「行こう」

立ち上がり、再び歩き出す。

突如――闇が散開する。そこは楽園のような場所だった。

辺り一面、美しい花が咲き誇っている。
その花畑の中央に――彼女は座っていた。

「シルヴィ……？」

震えた声で彼女の名を呼ぶ。

彼女は振り向き、微笑みを浮かべた。


「お待ちしておりました」


間違いない。

シルヴィだ。

「シルヴィ……シルヴィなのか？　俺の幻覚じゃなくて？」

「はい、シルヴィです。なにせ二百年ぶりですからね。私の顔、お忘れですか？」

「忘れるものか……！　君のことを、片時たりとも忘れたことはないっ！」

ちょっと茶目っけを含ませた表情のシルヴィは、確かに俺がずっと会いたかった彼女であった。

シルヴィが立ち上がり、俺に歩み寄る。

その手にはなにかが握られていた。

「あなたのために作ったんです。二百年間——ずっと」

そう言って、シルヴィはそれを被《かぶ》せてくれる。

花冠だ。

彼女が近くにいる。

消えてなくなってしまわないように——俺は彼女の両肩を摑む。

彼女の温かみが手に伝わってくる。

「ずっと……っ！　君を探していたんだ」

「はい、知っています。ずっと——待っていました」

彼女だって寂しかっただろう。

だが——そんな寂しさを俺に感じさせることなく、彼女は笑っていた。

「君に紹介したい人がいるんだ。俺の友達だ。聞いて驚け。一人は聖女で、一人は王子。そして——親友のドラゴン」

「あら、楽しみです。きっと、一度目の私は今の聖女さんにお会いしていたでしょうから」

「君と仲良くなれると思う」

「私もそう思います。だって、一度目でも友達になってくれるって約束してくれたでしょうから」

言葉が次から次へと出てくる。


ここまでなにを犠牲にしただろう。

たくさんの人に迷惑をかけた。
それでも——離したくない、大事な人がいた。

「さあ、シルヴィ。帰ろう」

そう言って、俺は右手を差し出す。

シルヴィが握り返してくれた。

「もっといっぱいいっぱい、君と話がしたいんだ」

「私もあなたと同じです。ゆっくり歩きましょう。焦る必要はありません。これからは、ずっと一緒なんですから」

「ああ……！」

返事をする。

彼女に会えたとはいえ、元の場所に帰れるかも分からない。

しかし不思議となにも怖くなかった。

俺一人なら無理だったかもしれない。

だが、今の俺の隣にはシルヴィがいる。

帰るべき場所には——俺を待っていてくれる友がいる。

それを思うだけで、心に勇気が湧いた。

闇の中をシルヴィと突き進んでいく。

彼女とする楽しい話は、最後まで途絶えることはなかった。

◆　◆

――リンチギハム王城。

『くっくっく……愚かなヤツらめ、見るに堪えん甘さだ。妾《わらわ》と交渉するには、策が足りん。妾が貴様らに協力するわけがなかろう』


一本の剣。

光り輝くはずの神剣は――黒く染まっていた。

『再度、あの王子の思念を取り込むことによって、ようやく力も戻り始めた。もう少し――もう少しすれば、こんな窮屈な場所から出られる』

底なしの邪悪であった。

邪神の動きが止まり、長命竜《ちょうめいりゅう》が恐れた存在。

魔王が再び、この世界に顔を出そうとしていた。

『それにしても……あの小娘が〝真の聖女〟として目覚めようとしているとはな。面白い、面白い。〝真の聖女〟ごと、この世界を闇に染めてやろう』

それは誰にも聞かれることのない声。
魔王は誰にも気付かれることなく、ただその時を待っていた。
『妾を御することが出来ると思うのは間違いだ。妾はそういう存在ではない』
魔王は宣言する。

『妾がこの世界の王となる』

あとがき

鬱沢色素《うつざわしきそ》です。

この度は当作品を手に取っていただき、誠にありがとうございます。

早いもので、真の聖女も六巻まで来ました！

今回は運命に抗う、竜と人の物語です。

六巻はファーヴとドグラスに焦点を当てた話になります。彼らドラゴンという種族は言葉よりも戦いの中で意思を交わす生き物です。なので、必然的に戦いのシーンが少し多い話となってしまいました。

そしてエリアーヌとセシリーに続く、三人目の聖女も初登場です。

余談になりますが、鬱沢として六巻はどうしてもバッドエンド――もしくは、ほろ苦いビターエンドの結末しか思い描けませんでした。

ですが、エリアーヌ達はハッピーエンドしか認めません。どうしようかと思い悩んでいましたが、作中のある人物が鬱沢に解決策を与えてくれました。

バッドエンドの運命を拒絶し、ハッピーエンドを手繰り寄せようとするエリアーヌ達。

運命に抗う彼女達の物語は、どのような結末に至るのか――読者の皆様もぜひ、お楽しみいただければ幸いです。

ここからは謝辞を。

担当編集の庄司《しょうじ》様。今回もお世話になりました。長期となったシリーズですが、鬱沢一人ではここまで来られなかったと思います。いつも本当にありがとうございます。

イラストレーターのぷきゅのすけ先生。シルヴィとドグラス、超よかったです。深夜にテンションが上がりました。同時にぷきゅのすけ先生らしいデザインだなあと頬が綻びました。

そして当作品のコミカライズが、松《まつ》もくば先生によって好評連載中です。そちらも皆様、何卒よろしくお願いいたします。

最後に——読者の皆様。いつもありがとうございます。今後もお付き合いいただければ幸いです。

では、また会う日まで。

鬱沢　色素